AF451689

SAPHO

MŒURS PARISIENNES

(Page 8.)

ALPHONSE DAUDET

SAPHO

MŒURS PARISIENNES

Illustrations de CH. ATAMIAN

PARIS

ERNEST FLAMMARION, ÉDITEUR

26, RUE RACINE, 26

—

POUR MES FILS

quand ils auront vingt ans.

SAPHO

I

« Regardez-moi, voyons... J'aime la couleur de vos yeux... Comment vous appelez-vous?

— Jean.

— Jean tout court?

— Jean Gaussin.

— Du Midi, j'entends ça... Quel âge?

— Vingt et un ans.

— Artiste?

— Non, madame.

— Ah! tant mieux... »

Ces bouts de phrases, presque inintelligibles au milieu des cris, des rires, des airs de danse d'une fête travestie, s'échangeaient — une nuit de juin — entre un pifferaro et une femme fellah dans la serre de palmiers, de fougères arborescentes, qui faisait le fond de l'atelier de Déchelette.

Au pressant interrogatoire de l'Égyptienne, le pifferaro répondait avec l'ingénuité de son âge tendre, l'abandon, le soulagement d'un Méridional resté longtemps sans parler. Étranger à tout ce monde de peintres, de sculpteurs, perdu dès en entrant dans le bal par l'ami qui l'avait amené, il se morfondait depuis deux heures, promenant sa jolie figure de blond hâlé et doré par le soleil, les cheveux en frisons serrés et courts comme la peau de mouton de son costume; et un succès, dont il ne se doutait guère, se levait et chuchotait autour de lui.

Des épaules de danseurs le bousculaient brusquement, des rires de rapins blaguaient la cornemuse qu'il portait tout de travers et sa défroque de montagne, lourde et gênante dans cette nuit d'été. Une Japonaise aux yeux de faubourg, des couteaux d'acier tenant son chignon remonté, fredonnait en l'agaçant : *Ah! qu'il est beau, qu'il est beau, le postillon...;* tandis qu'une novio espagnole en blanches dentelles de soie, passant au bras d'un chef apache, lui fourrait violemment sous le nez son bouquet de jasmins blancs.

Il ne comprenait rien à ces avances, se croyait extrêmement ridicule et se réfugiait dans l'ombre fraîche de la galerie vitrée, bordée d'un large divan sous les verdures. Tout de suite cette femme était venue s'asseoir auprès de lui.

Jeune, belle? Il n'aurait su le dire... Du long fourreau de lainage bleu où sa taille pleine ondulait, sortaient deux bras ronds et fins, nus jusqu'à l'épaule; et ses petites mains chargées de bagues, ses yeux gris large ouverts et grandis par les bizarres ornements de fer lui tombant du front, composaient un ensemble harmonieux.

Une actrice, sans doute. Il en venait beaucoup chez Déchelette; et cette pensée n'était pas pour le mettre à l'aise, ce genre de personnes lui faisant très peur. Elle lui parlait de tout près, un coude au genou, la tête appuyée sur la main avec une douceur grave, un peu lasse. « Du Midi vraiment?... Et des cheveux de ce blond-là!... Voilà une chose extraordinaire. »

Et elle voulait savoir depuis combien de temps il habitait Paris, si c'était très difficile cet examen pour les consulats qu'il préparait, s'il connaissait beaucoup de monde et comment il se trouvait à la soirée de Déchelette, rue de Rome, si loin de son quartier Latin.

Quand il dit le nom de l'étudiant qui l'avait amené... « La Gournerie... un pa-

La fête à ce moment étincelait et roulait comme une apothéose de féerie. L'atelier, le hall plutôt, car on n'y travaillait guère, développé dans toute la hauteur de l'hôtel et n'en faisant qu'une pièce immense, recevait sur ses tentures claires, légères, estivales, ses stores de paille fine ou de gaze, ses paravents de laque, ses verreries multicolores, et sur le buisson de roses jaunes garnissant le foyer d'une haute cheminée Renaissance, l'éclairage varié et bizarre d'innombrables lanternes chinoises, persanes, mauresques, japonaises, les unes en fer ajouré, découpées d'ogives comme une porte de mosquée, d'autres en papier de couleur pareilles à des fruits, d'autres déployées en éventail, ayant des formes de fleurs, d'ibis, de serpents; et tout à coup de grands jets électriques, rapides et bleuâtres, faisaient pâlir ces mille lumières et givraient d'un clair de lune les visages et les épaules nues, toute la fantasmagorie d'étoffes, de plumes, de paillons, de rubans qui se froissaient dans le bal, s'étageaient sur l'escalier hollandais à large rampe menant aux galeries du premier que dépassaient les manches des contrebasses et la mesure frénétique d'un bâton de chef d'orchestre.

rent de l'écrivain... elle connaissait sans doute... » l'expression de ce visage de femme changea, s'assombrit subitement; mais il n'y prit pas garde, ayant l'âge où les yeux brillent sans rien voir. La Gournerie lui avait promis que son cousin serait là, qu'il le présenterait. « J'aime tant ses vers... je serais si heureux de le connaître !»

Elle eut un sourire de pitié pour sa candeur, un joli resserrement d'épaules, en même temps qu'elle écartait de sa main les feuilles légères d'un bambou et regardait dans le bal si elle ne lui découvrirait pas son grand homme.

De sa place, le jeune homme voyait cela à travers un réseau de branches vertes, de lianes fleuries qui se mêlaient au décor, l'encadraient et, par une illusion d'optique, jetaient au va-et-vient de la danse des guirlandes de glycines sur la traîne d'argent d'une robe de princesse, coiffaient d'une feuille de dracœna un minois de bergère pompadour; et pour lui maintenant l'intérêt du spectacle se doublait du plaisir d'apprendre par son Égyptienne les noms, tous glorieux, tous connus, que cachaient ces travestis d'une variété, d'une fantaisie si amusantes.

Ce valet de chiens, son fouet court en bandoulière, c'était Jadin; tandis qu'un peu plus loin cette soutane élimée de curé de campagne déguisait le vieil Isabey, grandi par un jeu de cartes dans ses souliers à boucles. Le père Corot souriait sous l'énorme visière d'une casquette d'invalide. On lui montrait aussi Thomas Couture en bouledogue, Jundt en argousin, Cham en oiseau des îles.

Et quelques costumes historiques et graves, un Murat empanaché, un prince Eugène, un Charles Ier, portés par de tout jeunes peintres, marquaient bien la différence entre les deux générations d'artistes; les derniers venus, sérieux, froids, des têtes de gens de Bourse vieillis de ces rides particulières que creusent les préoccupations d'argent, les autres bien plus gamins, rapins, bruyants, débridés.

Malgré ses cinquante-cinq ans et les palmes de l'Institut, le sculpteur Caoudal en hussard de baraque, les bras nus, ses biceps d'hercule, une palette de peintre battant ses longues jambes en guise de sabretache, tortillait un cavalier seul du temps de la Grande Chaumière en face du musicien de Potter, en muezzin qui fait la fête, le turban de travers, mimant la danse du ventre et piaillant le « la Allah, il Allah » d'une voix suraiguë.

On entourait ces joyeux illustres d'un large cercle qui reposait les danseurs; et au premier rang, Déchelette, le maître du logis, fronçait sous un haut bonnet persan ses petits yeux, son nez kalmouck, sa barbe grisonnante, heureux de la gaîté des autres et s'amusant éperdument, sans qu'il y parût.

L'ingénieur Déchelette, une figure du Paris artiste d'il y a dix ou douze ans, très bon, très riche, avec des velléités d'art et cette libre allure, ce mépris de l'opinion que donnent la vie de voyage et le célibat, avait alors l'entreprise d'une ligne ferrée de Tauris à Téhéran; et chaque année, pour se remettre de dix mois de fatigues, de nuits sous la tente, de galopades fiévreuses à travers sables et marais, il venait passer les grandes chaleurs dans cet hôtel de la rue de Rome, construit sur ses dessins, meublé en palais d'été, où il réunissait des gens d'esprit et de jolies filles, demandant à la civilisation de lui donner en quelques semaines l'essence de ce qu'elle a de montant et de savoureux.

« Déchelette est arrivé. » C'était la nouvelle des ateliers, sitôt qu'on avait vu se lever comme un rideau de théâtre l'immense store de coutil sur la façade vitrée de l'hôtel. Cela voulait dire que la fête commençait et qu'on allait en avoir pour deux mois de musiques et festins, danses et bombances, tranchant sur la torpeur silencieuse du quartier de l'Europe à cette époque des villégiatures et des bains de mer.

Personnellement, Déchelette n'était pour rien dans le bacchanal qui grondait chez lui nuit et jour. Ce noceur infatigable apportait au plaisir une frénésie à froid, un regard vague, souriant, comme hatschisché, mais d'une tranquillité, d'une lucidité imperturbables. Très fidèle ami, donnant sans compter, il avait pour les femmes un mépris d'homme d'Orient, fait d'indulgence et de politesse; et de celles qui venaient là, attirées par sa grande fortune et la fantaisie joyeuse du milieu, pas une ne pouvait se vanter d'avoir été sa maitresse plus d'un jour.

« Un bon homme tout de même... » ajouta l'Égyptienne qui donnait à Gaussin ces renseignements. S'interrompant tout à coup :

« Voilà votre poète...

— Où donc?

— Devant vous... en marié de village...»

Le jeune homme eut un « Oh ! » désappointé. Son poète ! Ce gros homme, suant, luisant, étalant des grâces lourdes dans le faux col à deux pointes et le gilet fleuri de Jeannot... Les grands cris désespérés du *Livre de l'Amour* lui venaient à la mémoire, du livre qu'il ne lisait jamais sans un petit battement de fièvre; et tout haut, machinalement, il murmurait :

Pour animer le marbre orgueilleux de ton corps,
O Sapho, j'ai donné tout le sang de mes veines...

Elle se retourna vivement, avec le cliquetis de sa parure barbare :

« Que dites-vous là ? »

C'étaient des vers de La Gournerie; il s'étonnait qu'elle ne les connût pas.

« Je n'aime pas les vers... » fit-elle d'un ton bref; et elle restait debout, le sourcil froncé, regardant la danse et froissant nerveusement les belles grappes lilas qui pendaient devant elle. Puis, avec l'effort d'une décision qui lui coûtait : « Bonsoir... » et elle disparut.

Le pauvre pifferaro resta tout saisi. « Qu'est-ce qu'elle a?... Que lui ai-je dit?...» Il chercha, ne trouva rien, sinon qu'il ferait bien d'aller se coucher. Il ramassa mélancoliquement sa cornemuse et rentra dans le bal, moins troublé du départ de l'Égyptienne que de toute cette foule qu'il devait traverser pour gagner la porte.

Le sentiment de son obscurité parmi tant d'illustrations le rendait plus timide encore. Maintenant on ne dansait plus; quelques couples çà et là, acharnés aux dernières mesures d'une valse qui mourait, et parmi eux Caoudal, superbe et gigantesque, tourbillonnant la tête haute avec une petite tricoteuse, coiffe au vent, qu'il enlevait sur ses bras roux.

Par le grand vitrage du fond large ouvert entraient des bouffées d'air matinales et blanchissantes, agitant les feuilles des palmiers, couchant les flammes des bougies comme pour les éteindre. Une lanterne en papier prit feu, des bobèches éclatèrent, et tout autour de la salle les domestiques installaient des petites tables rondes comme aux terrasses des cafés. On soupait toujours ainsi par quatre ou cinq chez Déchelette; et les sympathies en ce moment se cherchaient, se groupaient.

C'étaient des cris, des appels féroces, le « Pil... cuit » du faubourg répandant au « You you you you » en crécelle des filles d'Orient, et des colloques à voix basse, et des rires voluptueux de femmes qu'on entraînait d'une caresse.

Gaussin profitait du tumulte pour se glisser vers la sortie, quand son ami l'étudiant l'arrêta, ruisselant, les yeux en boule, une bouteille sous chaque bras : « Mais où étiez-vous donc?... Je vous cherche partout... J'ai une table, des femmes, la petite Bachellery des Bouffes... En Japonaise, savez bien... Elle m'envoie vous chercher. Venez vite... » et il repartit en courant.

Le pifferaro avait soif; puis l'ivresse du bal le tenait, et le minois de la petite actrice qui de loin lui faisait des signes. Mais une voix sérieuse et douce murmura près de son oreille :

« N'y va pas... »

Celle de tout à l'heure était là, tout contre lui, l'entraînant dehors, et il la suivit sans hésiter. Pourquoi? Ce n'était pas l'attrait de cette femme; il l'avait à peine regardée, et l'autre là-bas qui l'appelait, dressant les couteaux d'acier de sa chevelure, lui plaisait bien davantage. Mais il obéissait à une volonté supérieure à la sienne, à la violence impétueuse d'un désir.

N'y va pas !...

Et subitement ils se trouvèrent tous deux sur le trottoir de la rue de Rome. Des fiacres attendaient dans le matin blême. Des balayeurs, des ouvriers allant au travail regardaient cette fête grondante et débordante, ce couple travesti, un Mardi-Gras en plein été.

« Chez vous, ou chez moi?... » demanda-t-elle. Sans bien s'expliquer pourquoi, il pensa que chez lui ce serait mieux, donna son adresse lointaine au cocher; et pendant la route qui fut longue ils parlèrent peu. Seulement elle tenait une de ses mains entre les siennes qu'il sentait très petites et glacées; et, sans le froid de cette étreinte nerveuse, il aurait pu croire qu'elle dormait, renversée au fond du fiacre avec le reflet glissant du store bleu sur la figure.

On s'arrêta rue Jacob, devant un hôtel d'étudiants. Quatre étages à monter, c'était haut et dur. « Voulez-vous que je vous porte?... » dit-il en riant, mais tout bas à cause de la maison endormie. Elle l'enveloppa d'un lent regard, méprisant et tendre, un regard d'expérience qui le jaugeait et clairement disait : « Pauvre petit... »

Alors, lui, d'un bel élan, bien de son âge et de son Midi, la prit, l'emporta comme un enfant, car il était solide et découplé avec sa peau blonde de demoiselle, et il monta le premier étage d'une haleine, heureux de ce poids que deux beaux bras, frais et nus, lui nouaient au cou.

Le second étage fut plus long, sans agrément. La femme s'abandonnait, se faisait plus lourde à mesure. Le fer de ses pendeloques, qui d'abord le caressait d'un chatouillement, entrait peu à peu et cruellement dans sa chair.

Au troisième, il râlait comme un déménageur de piano; le souffle lui manquait pendant qu'elle murmurait, ravie, la paupière allongée : « Oh! m'ami, que c'est bon... qu'on est bien... » Et les dernières marches, qu'il grimpait une à une, lui semblaient d'un escalier géant dont les murs, la rampe, les étroites fenêtres tour-

naient en une interminable spirale. Ce
n'était plus une femme qu'il portait, mais
quelque chose de lourd, d'horrible, qui
l'étouffait, et qu'à tout moment il était
tenté de lâcher, de jeter avec colère, au
risque d'un écrasement brutal.

Arrivés sur l'étroit palier : « Déjà !... »
dit-elle en ouvrant les yeux. Lui pensait :
« Enfin !... » mais n'aurait pu le dire, très
pâle, les deux mains sur sa poitrine qui
éclatait.

Toute leur histoire, cette montée d'escalier dans la grise tristesse du matin.

II

Il la garda deux jours ; puis elle partit, lui
laissant une impression de peau douce et
de linge fin. Pas d'autre renseignement
sur elle que son nom, son adresse et ceci :
« Quand vous me voudrez, appelez-moi...
je serai toujours prête. »

La toute petite carte, élégante, odorante, portait :

FANNY LEGRAND

6, rue de l'Arcade.

Il la mit à sa glace entre une invitation
au dernier bal des Affaires Étrangères et
le programme enluminé et fantaisiste de
la soirée de Déchelette, ses deux seules
sorties mondaines de l'année ; et le souvenir de la femme, resté quelques jours
autour de la cheminée dans ce délicat et
léger parfum, s'évapora en même temps
que lui, sans que Gaussin, sérieux, travailleur, se méfiant par-dessus tout des
entraînements de Paris, eût eu la fantaisie
de renouveler cette amourette d'un soir.

L'examen ministériel aurait lieu en novembre. Il ne lui restait que trois mois
pour le préparer. Après, viendrait un stage
de trois ou quatre ans dans les bureaux du
service consulaire ; puis il s'en irait quelque part, très loin. Cette idée d'exil ne
l'effrayait pas ; car une tradition chez les

Gaussin d'Armandy, vieille famille avi-
gnonnaise, voulait que l'aîné des fils suivît
ce qu'on appelle *la carrière*, avec l'exemple,
l'encouragement et la protection morale
de ceux qui l'y avaient précédé. Pour ce
provincial, Paris n'était que la première
escale d'une très longue traversée, ce qui
l'empêchait de nouer aucune liaison sérieuse en amour comme en amitié.

Une semaine ou deux après le bal de
Déchelette, un soir que Gaussin, la lampe
allumée, ses livres préparés sur la table,
se mettait au travail, on frappa timidement ; et, la porte ouverte, une femme
apparut en toilette élégante et claire. Il la
reconnut seulement quand elle eut relevé
sa voilette.

« Vous voyez, c'est moi... je reviens... »
Puis surprenant le regard inquiet, gêné,
qu'il jetait sur la besogne en train : « Oh !
je ne vous dérangerai pas... je sais ce que
c'est... » Elle défit son chapeau, prit une

livraison du *Tour du Monde*, s'installa et ne bougea plus, absorbée en apparence par sa lecture ; mais, chaque fois qu'il levait les yeux, il rencontrait son regard.

Et vraiment il lui fallait du courage pour ne pas la prendre tout de suite entre ses bras, car elle était bien tentante et d'un grand charme avec sa toute petite tête au front bas, au nez court, à la lèvre sensuelle et bonne, et la maturité souple de sa taille dans cette robe d'une correction toute parisienne, moins effrayante pour lui que sa défroque de fille d'Égypte.

Partie le lendemain de bonne heure, elle revint plusieurs fois dans la semaine, et toujours elle entrait avec la même pâleur, les mêmes mains froides et moites, la même voix serrée d'émotion.

« Oh ! je sais bien que je t'ennuie, lui disait-elle, que je te fatigue. Je devrais être plus fière... Si tu crois !... Tous les matins en m'en allant de chez toi, je jure de ne plus venir ; puis ça me reprend le soir, comme une folie. »

Il la regardait, amusé, surpris dans son dédain de la femme, par cette persistance amoureuse. Celles qu'il avait connues jusque-là, des filles de brasserie ou de skating, quelquefois jeunes et jolies, lui laissaient toujours le dégoût de leur rire bête, de leurs mains de cuisinières, d'une grossièreté d'instincts et de propos qui lui faisait ouvrir la fenêtre derrière elles. Dans sa croyance d'innocent, il pensait toutes les filles de plaisir pareilles. Aussi s'étonnait-il de trouver en Fanny une douceur, une réserve vraiment femme, avec cette supériorité — sur les bourgeoises qu'il rencontrait en province chez sa mère — d'un frottis d'art, d'une connaissance de toutes choses, qui rendaient les causeries intéressantes et variées.

Puis elle était musicienne, s'accompagnait au piano et chantait, d'une voix de contralto un peu fatiguée, inégale, mais exercée, quelque romance de Chopin ou de Schumann, des chansons de pays, des airs berrichons, bourguignons ou picards dont elle avait tout un répertoire.

Gaussin, fou de musique, cet art de paresse et de plein air où se plaisent ceux de son pays, s'exaltait par le son aux heures de travail, en berçait son repos délicieusement. Et de Fanny cela surtout le ravissait. Il s'étonnait qu'elle ne fût pas dans un théâtre, et apprit ainsi qu'elle avait chanté au Lyrique. « Mais pas longtemps... Je m'ennuyais trop... » .

En elle effectivement rien de l'étudié, du convenu de la femme de théâtre ; pas l'ombre de vanité ni de mensonge. Seulement un certain mystère sur sa vie au dehors, mystère gardé même aux heures de passion, et que son amant n'essayait pas de pénétrer, ne se sentant ni jaloux, ni curieux, la laissant arriver à l'heure dite sans même regarder la pendule, ignorant encore la sensation de l'attente, ces grands coups à pleine poitrine qui sonnent le désir et l'impatience.

De temps en temps, l'été étant très beau cette année-là, ils s'en allaient à la découverte de tous ces jolis coins des environs de Paris dont elle savait la carte précise et détaillée. Ils se mêlaient aux départs nombreux, turbulents, des gares de banlieue, déjeunaient dans quelque cabaret à la lisière des bois ou des eaux, évitant seulement certains endroits trop courus. Un jour qu'il lui proposait d'aller aux Vaux-de-Cernay : « Non, non... pas là... il y a trop de peintres... » Et cette antipathie des artistes, il se rappela qu'elle avait été l'initiation de leur amour. Comme il en demandait la raison : « Ce sont, dit-elle, des détraqués, des compliqués qui racontent toujours plus de choses qu'il n'y en a... Ils m'ont fait beaucoup de mal... »

Lui protestait : « Pourtant, l'art, c'est beau... Rien de tel pour embellir, élargir la vie.

— Vois-tu, m'ami, ce qui est beau, c'est d'être simple et droit comme toi, d'avoir vingt ans et de bien s'aimer... »

Vingt ans ! on ne lui eût pas donné davantage, à la voir si vivante, toujours prête, riant à tout, trouvant tout bon.

Un soir, à Saint-Clair, dans la vallée de Chevreuse, ils arrivèrent la veille de la fête et ne trouvèrent pas de chambre. Il était tard, il fallait une lieue de bois dans la nuit pour rejoindre le prochain village. Enfin on leur offrit un lit de sangle, resté libre au bout d'une grange où dormaient des maçons.

« Allons-y, dit-elle en riant... ça me rappellera mon temps de misère. »

Elle avait donc connu la misère.

Ils se glissèrent à tâtons entre les lits occupés dans la grande salle crépie à la chaux, où fumait une veilleuse au fond

Musicienne, elle chantait, s'accompagnant au piano, quelque romance
de Chopin ou de Schumann. (Page 10.)

d'une niche sur la muraille ; et toute la nuit
serrés l'un contre l'autre, ils étouffaient
leurs baisers et leurs rires, en entendant
ronfler, geindre de fatigue ces compagnons
dont les bourgerons, les lourdes chaussures
de travail traînaient tout près de la robe
de soie et des fines bottes de la Parisienne.

Au petit jour, une chatière s'ouvrit au
bas du large portail, un rais de lumière
blanche frôla la sangle des lits, la terre
battue, pendant qu'une voix enrouée
criait : « Ohé ! la coterie... » Puis il se fit
dans la grange redevenue obscure un
remue-ménage pénible et lent, des bâillées,
des étirements, de grosses toux, les tristes
bruits humains d'une chambrée qui s'é-
veille ; et lourds, silencieux, les Limou-
sins s'en allèrent, un par un, sans se douter
qu'ils avaient dormi près d'une belle fille.

Derrière eux, elle se leva, mit sa robe à
tâtons, tordit ses cheveux en hâte : « Reste
là... je reviens... » Elle rentrait au bout
d'un moment avec une énorme brassée de
fleurs des champs inondées de rosée. « Maintenant dormons... » dit-elle en éparpillant
sur le lit cette odorante fraîcheur de la
flore matinale qui ravivait l'atmosphère
autour d'eux. Et jamais elle ne lui avait
paru si jolie qu'à cette entrée de grange,
riant dans le petit jour, avec ses légers
cheveux tout envolés et ses herbes folles.

Une autre fois, ils déjeunaient à Ville-
d'Avray devant l'étang. Un matin d'automne enveloppait de brume l'eau calme,
la rouille des bois en face d'eux ; et seuls
dans le petit jardin du restaurant, ils
s'embrassaient en mangeant des ablettes.
Tout à coup, d'un pavillon rustique bran-
ché dans le platane au pied duquel leur
table était mise, une voix forte et nar-
quoise appela : « Dites donc, les autres,
quand vous aurez fini de vous bécotter... »
Et la face de lion, la moustache rousse du
sculpteur Caoudal se penchait dans l'em-
brasure en rondins du chalet.

« J'ai bien envie de descendre déjeuner
avec vous... Je m'ennuie comme un hibou
dans mon arbre... »

Fanny ne répondait pas, visiblement
gênée de la rencontre ; lui, au contraire,
accepta bien vite, curieux de l'artiste
célèbre, flatté de l'avoir à sa table.

Caoudal, très coquet dans une apparence négligée, mais où tout était calculé
depuis la cravate en crêpe de Chine blanc
pour éclaircir un teint sabré de rides et
de couperoses, jusqu'au veston serré sur
la taille encore svelte et les muscles en
saillie, Caoudal lui parut plus vieux qu'au
bal de Déchelette.

Mais ce qui le surprit et même l'embar-
rassait un peu, ce fut le ton d'intimité
du sculpteur avec sa maîtresse. Il l'appelait
Fanny, la tutoyait. « Tu sais, lui disait-il
en installant son couvert sur leur nappe,
je suis veuf depuis quinze jours. Maria est
partie avec Morateur. Ça m'a laissé assez
tranquille les premiers temps... Mais ce
matin, en entrant à l'atelier, je me suis
senti feignant comme tout... Impossible de
travailler... Alors j'ai lâché mon groupe
et je suis venu déjeuner à la campagne.
Fichue idée, quand on est seul... Un peu
plus je larmoyais dans ma gibelotte... »

Puis regardant le Provençal dont la
barbe follette et les cheveux bouclés
avaient le ton du sauterne dans les verres :

« Est-ce beau la jeunesse !... Pas de
danger qu'on le lâche, celui-là... Et ce
qu'il y a de plus fort, c'est que ça se gagne..
Elle a l'air aussi jeune que lui...

— Malhonnête !... » fit-elle en riant ; et
son rire sonnait bien la séduction sans âge,
la jeunesse de la femme qui aime et veut
se faire aimer.

« Étonnante... étonnante... » murmurait Caoudal, qui l'examinait tout en
mangeant, avec un pli de tristesse et d'envie grimaçant au coin de sa bouche. « Dis
donc, Fanny, te rappelles-tu un déjeuner
ici... c'est loin, dam !... nous étions Ezano,
Dejoie, toute la bande... tu es tombée
dans l'étang. On t'a habillée en homme,
avec la tunique du garde-pêche. Ça t'allait richement bien...

— Rappelle plus... » fit-elle froidement,
et sans mentir ; car ces créatures changeantes et de hasard ne sont jamais qu'à
l'heure présente de leur amour. Nulle
mémoire de ce qui précéda, nulle crainte
de ce qui peut venir.

Caoudal, au contraire, tout au passé,
dévidait à coups de sauterne ses exploits
de robuste jeunesse, d'amour et de beuverie,
parties de campagne, bals à l'Opéra, charges d'atelier, batailles et conquêtes. Mais,
en se tournant vers eux avec l'éclair
remonté à ses yeux de toutes les flammes
qu'il remuait, il s'aperçut qu'ils ne l'écoutaient guère, occupés à égrener des raisins
aux lèvres l'un de l'autre.

« Est-ce assez rasant ce que je vous ra-

conte là !... Mais si, je vous assomme...
Ah ! nom d'un chien... C'est bête d'être
vieux... » Il se leva, jeta sa serviette.
« Pour moi, le déjeuner, père Langlois... »
cria-t-il vers le restaurant.

Il s'éloigna tristement, traînant les pieds
comme rongé d'un mal incurable. Longtemps les amoureux suivirent sa longue
taille qui se voûtait sous les feuilles couleur d'or.

« Pauvre Caoudal !... c'est vrai qu'il se
lasse... » murmura Fanny d'un ton de
douce commisération; et comme Gaussin
s'indignait que cette Maria, une fille, un
modèle, pût s'amuser des souffrances
d'un Caoudal et préférer au grand artiste...
qui?... Morateur, un petit peintre sans
talent, n'ayant pour lui que sa jeunesse,
elle se mit à rire : « Ah ! innocent... innocent... » et lui renversant la tête à deux
mains sur ses genoux, elle le humait, le
respirait, dans les yeux, dans les cheveux,
partout, comme un bouquet.

Le soir de ce jour-là, Jean pour la première fois coucha chez sa maîtresse qui le
tourmentait à ce sujet depuis trois mois :
« Mais enfin, pourquoi ne veux-tu pas?

— Je ne sais... ça me gêne.

— Puisque je te dis que je suis libre,
que je suis seule... »

Et la fatigue de la partie de campagne
aidant, elle l'entraîna rue de l'Arcade,
tout près de la gare. A l'entresol d'une
maison bourgeoise d'apparence honnête
et cossue, une vieille servante en bonnet
paysan, l'air revêche, vint leur ouvrir.

« C'est Machaume... Bonjour, Machaume... » dit Fanny lui sautant au cou. « Tu
sais, le voilà mon aimé, mon roi... je
l'amène... Vite, allume tout, fais la maison belle... »

Jean resta seul dans un tout petit salon
aux fenêtres cintrées et basses, drapées de
la même soie bleue banale qui couvrait les
divans et quelques meubles laqués. Aux
murs, trois ou quatre paysages égayaient et
aéraient l'étoffe; tous portaient un mot de
dédicace : « A Fanny Legrand », « A ma
chère Fanny... »

Sur la cheminée, un marbre demi-gran-
deur de la Sapho de Caoudal, dont le
bronze est partout, et que Gaussin dès sa
petite enfance avait vu dans le cabinet de
travail de son père. Et à la lueur de l'unique bougie posée près du socle, il s'aperçut de la ressemblance, affinée et comme

rajeunissante, de cette œuvre d'art avec
sa maîtresse. Ces lignes du profil, ce mouvement de taille sous la draperie, cette rondeur filante des bras noués autour des
genoux, lui étaient connus, intimes; son
œil les savourait avec le souvenir de sen-
sations plus tendres.

Fanny, le trouvant en contemplation
devant le marbre, lui dit d'un air dégagé :
« Il y a quelque chose de moi, n'est-ce pas?
le modèle de Caoudal me ressemblait... »
Et tout de suite elle l'emmena dans sa
chambre, où Machaume en rechignant installait deux couverts sur un guéridon;
tous les flambeaux allumés, jusqu'aux
bras de l'armoire à glace, un beau feu de
bois, gai comme un premier feu, flambant
sous le pare-étincelles, la chambre d'une
femme qui s'habille pour le bal.

« J'ai voulu souper là, dit-elle en riant...
nous serons plus vite au lit. »

Jamais Jean n'avait vu d'ameublement
aussi coquet. Les lampas Louis XVI, les
mousselines claires des chambres de sa
mère et de ses sœurs ne donnaient pas le
moindre idée de ce nid ouaté, capitonné,
où les boiseries se cachaient sous des satins
tendres, où le lit n'était qu'un divan plus
large que les autres, étalé au fond sur des
fourrures blanches.

Délicieuse, cette caresse de lumière, de
chaleur, de reflets bleus allongés dans les
glaces biseautés, après leur course à travers champs, l'ondée qu'ils avaient reçue,
la boue des chemins creux sous le jour qui
tombait. Mais ce qui l'empêchait de dégus-
ter en vrai provincial ce confort de rencontre, c'était la mauvaise humeur de la
servante, le regard soupçonneux dont
elle le fixait, au point que Fanny la ren-
voya d'un mot: « Laisse-nous, Machaume...
nous nous servirons... » Et comme la paysanne jetait la porte en s'en allant : « N'y
fais pas attention, elle m'en veut de trop
t'aimer... Elle dit que je perds ma vie...
Ces gens de campagne, c'est si rapace !...
Sa cuisine, par exemple, vaut mieux
qu'elle... goûte-moi cette terrine de lièvre. »

Elle découpait le pâté, débouchait le
champagne, oubliait de se servir pour le
regarder manger, faisant à chaque geste
remonter jusqu'à l'épaule les manches
d'une gandoura d'Alger, de laine souple
et blanche, qu'elle portait toujours à la
maison. Elle lui rappelait ainsi leur première rencontre chez Déchelette; et serrés

sur le même fauteuil, mangeant dans la même assiette, ils parlaient de cette soirée.

« Oh ! moi, disait-elle, dès que je t'ai vu entrer, j'ai eu envie de toi... J'aurais voulu te prendre, t'emmener tout de suite, pour que les autres ne t'aient pas... Et toi, qu'est-ce que tu pensais, quand tu m'as vue ?... »

D'abord elle lui avait fait peur : puis il s'était senti plein de confiance, en intimité complète avec elle. « Au fait, ajouta-t-il, je ne t'ai jamais demandé... Pourquoi t'es-tu fâchée ?... Pour deux vers de La Gournerie ?... »

Elle eut le même froncement de sourcil qu'au bal, puis un geste de tête : « Des bêtises !... n'en parlons plus... » Et les bras autour de lui : « C'est que j'avais un peu peur, moi aussi... j'essayais de me sauver, de me reprendre... mais je n'ai pas pu, je ne pourrai jamais...

— Oh ! jamais.

— Tu verras. »

Il se contenta de répondre avec le sourire sceptique de son âge, sans s'arrêter à l'accent passionné, presque menaçant, dont lui fut jeté ce « Tu verras... » Cette étreinte de femme était si douce, si soumise ; il croyait fermement n'avoir qu'un geste à faire pour se dégager...

Même à quoi bon se dégager? Il était si bien dans le dorlotement de cette chambre voluptueuse, si délicieusement étourdi par cette haleine en caresse sur ses paupières qui battaient, lourdes de sommeil, pleines de visions fuyantes, bois rouillés, prés, meules ruisselantes, toute leur journée d'amour à la campagne...

Au matin, il fut réveillé en sursaut par la voix de Machaume criant au pied du lit, sans le moindre mystère : « Il est là... il veut vous parler...

— Comment? il veut?... Je ne suis donc plus chez moi !... tu l'as donc laissé entrer... »

Furieuse, elle bondit, s'échappa de la chambre, à moitié nue, la batiste ouverte : « Ne bouge pas, m'ami... je reviens... » Mais il ne l'attendit pas et ne se sentit tranquille que lorsqu'il fut levé à son tour, et vêtu, ses pieds solides dans ses bottes.

Tout en ramassant ses vêtements dans la chambre hermétiquement close où la veilleuse éclairait encore le désordre du petit souper, il entendait le bruit d'un débat terrible étouffé par les tentures du salon. Une

voix d'homme, irritée d'abord, puis implorante, dont les éclats s'écrasaient en sanglots, en larmoyantes faiblesses, alternait avec une autre voix qu'il ne reconnut pas tout de suite, dure et rauque, chargée de haine et de mots ignobles arrivant jusqu'à lui comme une dispute de brasserie de filles.

Tout ce luxe amoureux en était souillé, dégradé d'un éclaboussement de taches sur de la soie ; et la femme salie aussi, au niveau d'autres qu'il avait méprisées auparavant.

Elle rentra haletante, tordant d'un beau geste sa chevelure répandue : « Est-ce bête un homme qui pleure !... » Puis le voyant debout, habillé, elle eut un cri de rage : « Tu t'es levé !... recouche-toi... tout de suite... Je le veux... » Subitement radoucie, et l'enlaçant du geste et de la voix : « Non, non... ne pars pas... tu ne peux pas t'en aller comme ça... D'abord je suis sûre que tu ne reviendrais plus.

— Mais si... Pourquoi donc ?...

— Jure que tu n'es pas fâché, que tu viendras encore... Oh ! c'est que je te connais. »

Il jura ce qu'elle voulut, mais ne se recoucha pas malgré ses supplications et l'as-

surance réitérée qu'elle était chez elle,
libre de sa vie, de ses actes. A la fin elle
sembla se résigner à le voir partir, et l'ac-
compagna jusqu'à la porte, n'ayant plus
rien de la faunesse en délire, bien humble
au contraire, cherchant à se faire pardon-
ner.

Une longue et profonde caresse d'adieu
les retint dans l'antichambre.

« Alors... quand?... » lui demandait-elle,

les yeux tout au fond des yeux. Il allait répondre, mentir sans doute, dans sa hâte
d'être dehors, quand un coup de sonnette
l'arrêta. Machaume sortit de sa cuisine,
mais Fanny lui fit signe : « Non... n'ouvre
pas... » Et ils restaient là, tous les trois,
immobiles, sans parler.

On entendit une plainte étouffée, puis le
froissement d'une lettre glissée sous la
porte, et des pas qui descendaient lentement. « Quand je te disais que j'étais libre...
tiens !... » Elle passa à son amant la lettre
qu'elle venait d'ouvrir, une pauvre lettre
d'amour, bien basse, bien lâche, crayonnée
en hâte sur une table de café et dans

laquelle le malheureux demandait grâce
pour sa folie du matin, reconnaissait
n'avoir aucun droit sur elle que celui qu'elle
voudrait bien lui laisser, priait à deux
mains jointes qu'on ne l'exilât pas sans
retour, promettant d'accepter tout, résigné à tout... mais ne pas la perdre, mon
Dieu ! ne pas la perdre...

« Crois-tu !... » dit-elle avec un mauvais
rire ; et ce rire acheva de lui barrer le cœur
qu'elle voulait conquérir. Jean la trouva
cruelle. Il ne savait pas encore que la
femme qui aime n'a d'entrailles que pour
son amour, toutes ses forces vives de charité, de bonté, de pitié, de dévouement
absorbées au profit d'un être, d'un seul.

« Tu as bien tort de te moquer... Cette
lettre est horriblement belle et navrante... » Et tout bas, d'une voix grave,
en lui tenant les mains : « Voyons... pourquoi le chasses-tu?...

— Je n'en veux plus... Je ne l'aime pas.

— Pourtant c'était ton amant... Il t'a
fait ce luxe où tu vis, où tu as toujours
vécu, qui t'est nécessaire.

— M'ami, dit-elle avec son accent de
franchise, quand je ne te connaissais pas, je
trouvais tout cela très bien... Maintenant
c'est une fatigue, une honte, j'en avais le
cœur qui me levait... Oh ! je sais, tu vas
me dire que toi ce n'est pas sérieux, que tu
ne m'aimes pas... Mais ça, j'en fais mon
affaire... Que tu le veuilles ou non, je te
forcerai bien de m'aimer. »

Il ne répondit pas, convint d'un rendez-
vous pour le lendemain, et se sauva, laissant quelques louis à Machaume, le fond de
sa bourse d'étudiant, en paiement de la terrine. Pour lui, c'était fini maintenant. De
quel droit troubler cette existence de
femme, et que pouvait-il lui offrir en
échange de ce qu'il lui faisait perdre?

Il lui écrivit cela, le jour même, aussi
doucement, aussi sincèrement qu'il put,
mais sans lui avouer que de leur liaison, de
ce caprice léger et aimable, il avait senti se
dégager tout à coup quelque chose de violent, de malsain, en entendant après sa nuit
d'amour ces sanglots d'amant trompé qui
alternaient avec son rire à elle et ses jurons
de blanchisseuse.

Dans ce grand garçon, poussé loin de
Paris, en pleine garrigue provençale, il y
avait un peu de la rudesse paternelle, et
toutes les délicatesses, toutes les nervosités
de sa mère à laquelle il ressemblait comme

— Ce n'est pas Divonne... C'est moi... je te veille... (Page 19.)

un portrait. Et pour le défendre contre les entraînements du plaisir s'ajoutait encore l'exemple d'un frère de son père, dont les désordres, les folies avaient à demi ruiné leur famille et mis l'honneur du nom en péril.

L'oncle Césaire ! Rien qu'avec ces deux mots et le drame intime qu'ils évoquaient, on pouvait exiger de Jean des sacrifices autrement terribles que celui de cette amourette à laquelle il n'avait jamais donné d'importance. Pourtant ce fut plus dur à rompre qu'il ne se l'imaginait.

Formellement congédiée, elle revint sans se décourager de ses refus de la voir, de la porte fermée, des consignes inexorables. « Je n'ai pas d'amour-propre... » lui écrivait-elle. Elle guettait l'heure de ses repas au restaurant, l'attendait devant le café où il lisait ses journaux. Et pas de larmes, ni de scènes. S'il était en compagnie, elle se contentait de le suivre, d'épier le moment où il restait seul.

« Veux-tu de moi, ce soir?... Non?... Alors ce sera pour une autre fois. » Et elle s'en allait avec la douceur résignée du forain qui reboucle sa balle, lui laissant le remords de ses duretés et l'humiliation du mensonge qu'il balbutiait à chaque rencontre. « L'examen tout proche... le temps qui manquait... Après, plus tard, si ça la tenait encore... » De fait, il comptait, sitôt reçu, prendre un mois de vacances dans le Midi et qu'elle l'oublierait pendant ce temps-là.

Malheureusement, l'examen passé, Jean tomba malade. Une angine, gagnée dans un couloir de ministère, et qui, négligée, s'envenima. Il ne connaissait personne à Paris, à part quelques étudiants de sa province, que son exigeante liaison avait éloignés et dispersés. D'ailleurs il fallait ici plus qu'un dévouement ordinaire, et dès le premier soir ce fut Fanny Legrand qui s'installa près de son lit, ne le quittant de dix jours, le soignant sans fatigue, sans peur ni dégoût, adroite comme une sœur de garde, avec des câlineries tendres, qui parfois, aux heures de fièvre, le reportaient à une grosse maladie d'enfance, lui faisaient appeler sa tante Divonne, dire « Merci Divonne », quand il sentait les mains de Fanny sur la moiteur de son front.

« Ce n'est pas Divonne... c'est moi... je te veille... »

Elle le sauvait des soins mercenaires, des feux éteints maladroitement, des tisanes fabriquées dans une loge de concierge; et Jean n'en revenait pas de ce qu'il y avait d'alerte, d'ingénieux, d'expéditif, dans ces mains d'indolence et de volupté. La nuit elle dormait deux heures sur le divan, — un divan d'hôtel du Quartier, moelleux comme la planche d'un poste de police.

« Mais, ma pauvre Fanny, tu ne vas donc jamais chez toi?... lui demandait-il un jour... Je suis mieux à présent... Il faudrait rassurer Machaume. »

Elle se mit à rire. Beau temps qu'elle courait, Machaume, et toute la maison avec. On avait tout vendu, les meubles, la défroque, même la literie. Il lui restait la robe qu'elle avait sur le dos et un peu de linge fin, sauvé par sa bonne... Maintenant s'il la renvoyait, elle serait à la rue.

III

« Cette fois, je crois que j'ai trouvé... Rue d'Amsterdam, vis-à-vis la gare... Trois pièces, et un grand balcon... Si tu veux, nous irons voir, après ton ministère... C'est haut, cinq étages... mais tu me porteras. C'était si bon, tu te rappelles... »

Et tout amusée de ce souvenir, elle se frôlait, se roulait dans son cou, cherchait l'ancienne place, sa place.

A deux, dans leur garni d'hôtel, avec les mœurs du Quartier, ces traîneries par l'escalier de filles en filets et en savates, ces cloisons de papier derrière lesquelles grouillaient d'autres ménages, cette promiscuité des clés, des bougeoirs, des bottines, la vie devenait intolérable. Non pas à elle certes; avec Jean, le toit, la cave, même l'égout, tout lui était bon pour nicher. Mais la délicatesse de l'amant s'effarouchait de certains contacts, auxquels, garçon, il ne pensait guère. Ces ménages d'une nuit le gênaient, déshonoraient le sien, lui causaient un peu la tristesse et le dégoût de la cage des singes au Jardin des Plantes, grimaçant tous les gestes et les expressions de l'amour humain. Le restaurant aussi l'ennuyait, ce repas qu'il fallait aller chercher deux fois par jour au boulevard Saint-

Michel, dans une grande salle encombrée
d'étudiants, d'élèves des Beaux-Arts, peintres, architectes, qui sans le connaître
avaient l'habitude de sa figure, depuis un
an qu'il mangeait là.

Il rougissait — en poussant la porte —
de tous ces yeux tournés vers Fanny, entrait avec la gêne agressive des tout jeunes
gens qui accompagnent une femme; et il
craignait aussi la rencontre d'un de ses
chefs du ministère ou de quelqu'un de son
pays. Puis la question d'économie.

« Que c'est cher !... disait-elle chaque
fois, emportant et commentant la petite
note du dîner... Si nous étions chez nous,
j'aurais fait marcher la maison trois jours
pour ce prix-là.

— Eh bien, qui nous empêche?... » Et
l'on se mit en quête d'une installation.

C'est le piège. Tous y sont pris, les meil-
leurs, les plus honnêtes, par cet instinct de
propreté, ce goût du « home » qu'ont mis
en eux l'éducation familiale et la tiédeur du
foyer.

L'appartement de la rue d'Amsterdam
fut loué tout de suite et trouvé charmant,
malgré ses pièces en enfilade qui ouvraient,
— la cuisine et la salle sur une arrière-
cour moisie où montaient d'une taverne
anglaise des odeurs de rinçure et de chlore,
— la chambre sur la rue en pente et
bruyante, secouée jour et nuit aux cahots
des fourgons, camions, fiacres, omnibus,
aux sifflets d'arrivée et de départ, tout le
vacarme de l'Ouest développant en face ses
toitures en vitrage couleur d'eau sale.
L'avantage, c'était de savoir le train à sa
porte, et Saint-Cloud, Ville-d'Avray, Saint-
Germain, les vertes stations des bords de la
Seine presque sous leur terrasse. Car ils
avaient une terrasse, large et commode,
qui gardait de la munificence des anciens
locataires une tente de zinc peinte en coutil
rayé, ruisselante et triste sous le crépite-
ment des pluies d'hiver, mais où l'on serait
très bien l'été pour dîner au bon air, comme
dans un chalet de montagne.

On s'occupa des meubles. Jean ayant fait
part chez lui de son projet d'installation,
tante Divonne, qui était comme l'intendante de la maison, envoya l'argent nécessaire; et sa lettre annonçait en même temps
le prochain arrivage d'une armoire, d'une
commode, et d'un grand fauteuil canné,
tirés de la *Chambre du vent* à l'intention du
Parisien.

Cette chambre, qu'il revoyait au fond
d'un couloir de Castelet, toujours inhabi-
tée, les volets clos attachés d'une barre, la
porte fermée au verrou, était condamnée,
par son exposition, aux coups du mistral
qui la faisaient craquer comme une chambre de phare. On y entassait des vieilleries,
ce que chaque génération d'habitants relé-
guait au passé devant les acquisitions nouvelles.

Ah ! si Divonne avait su à quelles sin-
gulières siestes servirait le fauteuil canné,
et que des jupons de surah, des pantalons à
manchettes empliraient les tiroirs de la
commode Empire... Mais le remords de
Gaussin à ce sujet se trouvait perdu dans
les mille petites joies de l'installation.

C'était si amusant, après le bureau, entre
chien et loup, de partir en grandes courses,
serrés au bras l'un de l'autre, et de s'en
aller dans quelque rue de faubourg choisir
une salle à manger, — le buffet, la table et
six chaises, ou des rideaux de cretonne à
fleurs pour la croisée et le lit. Lui acceptait
tout, les yeux fermés; mais Fanny regardait pour deux, essayait les chaises, faisait
glisser les battants de la table, montrait
une expérience marchandeuse.

Elle connaissait les maisons où l'on avait
à prix de fabrique une batterie de cuisine
complète pour petit ménage, les quatre
casseroles en fer, la cinquième émaillée
pour le chocolat du matin; jamais de
cuivre, c'est trop long à nettoyer. Six couverts de métal avec la cuiller à potage et
deux douzaines d'assiettes en faïence anglaise, solide et gaie, tout cela compté,
préparé, emballé comme une dînette de
poupée. Pour les draps, serviettes, linge de
toilette et de table, elle connaissait un
marchand, le représentant d'une grande
fabrique de Roubaix, chez qui on payait à
tant par mois; et toujours à guetter les
devantures, en quête de ces liquidations, de
ces débris de naufrage que Paris amène
continuellement dans l'écume de ses bords,
elle découvrait au boulevard de Clichy
l'occasion d'un lit superbe, presque neuf,
et large à y coucher en rang les sept
demoiselles de l'ogre.

Lui aussi, en revenant du bureau, essayait des acquisitions; mais il ne s'entendait à rien, ne sachant dire non, ni s'en
aller les mains vides. Entré chez un bro-

Gaussin, les pieds au feu, étalé dans son fauteuil, se laissait bercer. (Page 23.)

canteur pour acheter un huilier ancien qu'elle lui avait signalé, il rapportait, en guise de l'objet déjà vendu, un lustre de salon à pendeloques, bien inutile puisqu'ils n'avaient pas de salon.

« Nous le mettrons dans la véranda... » disait Fanny pour le consoler.

Et le bonheur de prendre des mesures, les discussions sur la place d'un meuble; et les cris, les rires fous, les bras éperdus au plafond quand on s'apercevait que malgré toutes les précautions, malgré la liste très complète des achats indispensables, il y avait toujours quelque chose d'oublié.

Ainsi la râpe à sucre. Conçoit-on qu'ils allaient se mettre en ménage sans râpe à sucre !...

Puis, tout acheté et mis en place, les rideaux pendus, une mèche à la lampe neuve, quelle bonne soirée que celle de l'installation, la revue minutieuse des trois pièces avant de se coucher, et comme elle riait en l'éclairant pendant qu'il verrouillait la porte: « Encore un tour, encore... ferme bien... Soyons bien chez nous... »

Alors ce fut une vie nouvelle, délicieuse. En quittant son travail, il rentrait vite, pressé d'être arrivé, en pantoufles au coin de leur feu. Et dans le noir pataugeage de la rue, il se figurait leur chambre allumée et chaude, égayée de ses vieux meubles provinciaux que Fanny traitait par avance de débarras et qui s'étaient trouvés de fort jolies anciennes choses; l'armoire surtout, un bijou Louis XVI, avec ses panneaux peints, représentant des fêtes provinciales, des bergers en jaquettes fleuries, des danses au galoubet et au tambourin. La présence, familière à ses yeux d'enfant, de ces vieilleries démodées lui rappelait la maison paternelle, consacrait son nouvel intérieur dont il était à goûter le bien-être.

Dès son coup de sonnette, Fanny arrivait, soignée, coquette, « sur le pont », comme elle disait. Sa robe de laine noire, tout unie, mais taillée sur un patron de bon faiseur, une simplicité de femme qui a eu de la toilette, les manches retroussées, un grand tablier blanc, car elle faisait elle-

même leur cuisine et se contentait d'une femme de ménage pour les grosses besognes qui gercent les mains ou les déforment.

Elle s'y entendait même très bien, savait une foule de recettes, plats du Nord ou du Midi, variés comme son répertoire de chansons populaires que, le dîner fini, le tablier blanc accroché derrière la porte refermée de la cuisine, elle entonnait de sa voix de contralto, meurtrie et passionnée.

En bas la rue grondait, roulait en tor-

rent. La pluie froide tintait sur le zinc de la véranda; et Gaussin, les pieds au feu, étalé dans son fauteuil, regardait en face les vitres de la gare et les employés courbés à écrire sous la lumière blanche de grands réflecteurs.

Il était bien, se laissait bercer. Amoureux? Non; mais reconnaissant de l'amour dont on l'enveloppait, de cette tendresse toujours égale. Comment avait-il pu se priver si longtemps de ce bonheur, dans la crainte — dont il riait maintenant — d'un acoquinement, d'une entrave quelconque? Est-ce que sa vie n'était pas plus propre

que lorsqu'il allait de fille en fille, risquant
sa santé?

Aucun danger pour plus tard. Dans trois
ans, quand il partirait, la brisure se ferait
toute seule et sans secousse. Fanny était
prévenue; ils en parlaient ensemble, comme
de la mort, d'une fatalité lointaine, mais
inéluctable. Restait le grand chagrin qu'ils
auraient chez lui en apprenant qu'il ne

vivait pas seul, la colère de son père si
rigide et si prompt.

Mais comment pourraient-ils savoir?
Jean ne voyait personne à Paris. Son père,
« le consul », comme on disait là-bas, était
retenu toute l'année par la surveillance du
domaine très considérable qu'il faisait
valoir et ses rudes batailles avec la vigne.
La mère, impotente, ne pouvait faire sans
aide un pas ni un geste, laissant à Divonne
la direction de la maison, le soin des deux
petites sœurs jumelles, Marthe et Marie,
dont la double naissance en surprise avait
à tout jamais emporté ses forces actives.

Quant à l'oncle Césaire, le mari de Divonne, c'était un grand enfant qu'on ne
laissait pas voyager seul.

Et Fanny maintenant connaissait toute
la famille. Lorsqu'il recevait une lettre de
Castelet, au bas de laquelle les bessonnes
avaient mis quelques lignes de leur grosse
écriture à petits doigts, elle la lisait par-
dessus son épaule, s'attendrissait avec lui.
De son existence à elle il ne savait rien, ne
s'informait pas. Il avait le bel égoïsme
inconscient de sa jeunesse, aucune jalousie,
aucune inquiétude. Plein de sa propre vie,
il la laissait déborder, pensait tout haut, se
livrait, pendant que l'autre restait muette.

Ainsi les jours, les semaines s'en allaient
dans une heureuse quiétude un moment
troublée par une circonstance qui les émut
beaucoup, mais diversement. Elle se crut
enceinte et le lui apprit avec une joie telle
qu'il ne put que la partager. Au fond, il
avait peur. Un enfant, à son âge !... Qu'en
ferait-il?... Devait-il le reconnaître?... Et
quel gage entre cette femme et lui, quelle
complication d'avenir !

Soudainement, la chaîne lui apparut,
lourde, froide et scellée. La nuit, il ne dormait pas plus qu'elle; et côte à côte dans
leur grand lit, ils rêvaient, les yeux ouverts, à mille lieues l'un de l'autre.

Par bonheur, cette fausse alerte ne se re-
nouvela plus, et ils reprirent leur train de
vie paisible, exquisement close. Puis l'hiver
fini, le vrai soleil enfin revenu, leur case
s'embellissait encore, agrandie de la terrasse
et de la tente. Le soir, ils dînaient là sous
le ciel teinté de vert, que rayait le sifflement en coup d'ongle des hirondelles.

La rue envoyait ses bouffées chaudes et
tous les bruits des maisons voisines; mais
le moindre souffle d'air était pour eux, et
ils s'oubliaient des heures, leurs genoux
enlacés, n'y voyant plus. Jean se rappelait
des nuits semblables au bord du Rhône,
rêvait de consulats lointains dans des pays
très chauds, de ponts de navire en partance
où la brise aurait cette haleine longue dont
frémissait le rideau de la tente. Et lorsqu'une caresse invisible murmurait sur
ses lèvres : « M'aimes-tu?... » il revenait toujours de très loin pour répondre : « Oh ! oui,
je t'aime... » Voilà ce que c'est de les
prendre si jeunes; ils ont trop de choses
dans la tête.

Sur le même balcon, séparé d'eux par
une grille en fer enguirlandée de fleurs

grimpantes, un autre couple roucoulait, M. et Mme Hettéma, des gens mariés, très gros, dont les baisers claquaient comme des gifles. Merveilleusement appareillés, dans une conformité d'âge, de goût, de lourdes tournures, c'était touchant d'entendre ces amoureux à fin de jeunesse chanter en duo tout bas, en s'appuyant à la balustrade, de vieilles romances sentimentales...

Mais je l'entends qui soupire dans l'ombre:
C'est un beau rêve, ah! laissez-moi dormir.

Ils plaisaient à Fanny, elle aurait voulu les connaître. Quelquefois même la voisine et elle échangeaient par-dessus le fer noirci de la rampe un sourire de femmes amoureuses et heureuses; mais les hommes comme toujours se tenaient plus raides et l'on ne se parlait pas.

Jean revenait du quai d'Orsay, une après-midi, quand il s'entendit appeler au coin de la rue Royale. Il faisait un jour admirable, une lumière chaude où Paris s'épanouissait à ce tournant du boulevard qui, par un beau couchant, vers l'heure du Bois, n'a pas son pareil au monde.

« Mettez-vous là, belle jeunesse, et buvez quelque chose... ça m'amuse les yeux de vous regarder. »

Deux grands bras l'avaient happé, assis sous la tente d'un café envahissant le trottoir de ses trois rangs. Il se laissait faire, flatté d'entendre autour de lui ce public de provinciaux, d'étrangers, jaquettes rayées et chapeaux ronds, chuchoter curieusement le nom de Caoudal.

Le sculpteur, attablé devant une absinthe qui allait avec sa taille militaire et sa rosette d'officier, avait auprès de lui l'ingénieur Déchelette arrivé de la veille, toujours le même, hâlé et jaune, ses pommettes en saillie remontant ses petits yeux bons, sa narine gourmande qui reniflait Paris. Dès que le jeune homme fut assis, Caoudal le montrant avec une fureur comique :

« Est-il beau, cet animal-là... Dire que j'ai eu cet âge et que je frisais comme ça... Oh ! la jeunesse, la jeunesse...

— Toujours donc? » fit Déchelette saluant d'un sourire la toquade de son ami.

« Mon cher, ne riez pas... Tout ce que j'ai, ce que je suis, les médailles, les croix, l'Institut, le tremblement, je le donnerais pour

ces cheveux-là et ce teint de soleil... » Puis revenant à Gaussin avec sa brusque allure :

« Et Sapho, qu'est-ce que vous en faites?... On ne la voit plus. »

Jean arrondissait les yeux, sans comprendre.

« Vous n'êtes donc plus avec elle? » Et devant son ahurissement, Caoudal ajouta sur un ton d'impatience : « Sapho, voyons... Fanny Legrand... Ville-d'Avray...

— Oh ! c'est fini, il y a longtemps... »

Comment lui vint ce mensonge? Par une sorte de honte, de malaise, à ce nom de Sapho donné à sa maîtresse; la gêne de parler d'elle avec d'autres hommes, peut-être aussi le désir d'apprendre des choses qu'on ne lui aurait pas dites sans cela.

« Tiens ! Sapho... Elle roule encore? » demanda Déchelette distrait, tout à l'ivresse de revoir l'escalier de la Madeleine, le marché aux fleurs, la longue enfilade des boulevards entre deux rangs de bouquets verts.

« Vous ne vous la rappelez donc pas, chez vous, l'année dernière !... Elle était superbe dans sa tunique de fellah... Et le matin de cet automne, où je l'ai trouvée déjeunant avec ce joli garçon chez Langlois, vous auriez dit une mariée de quinze jours.

— Quel âge a-t-elle donc?... Depuis le temps qu'on la connaît... »

Caoudal leva la tête pour chercher : « Quel âge?... Quel âge?... Voyons, dix-sept ans en 53, quand elle me posait ma figure... nous sommes en 73. Ainsi, comptez. » Tout à coup ses yeux s'allumèrent : « Ah ! si vous l'aviez vue, il y a vingt ans... longue, fine, la bouche en arc, le front solide... Des bras, des épaules encore un peu maigres, mais cela allait bien à la brûlure de Sapho... Et la femme, la maîtresse !... Ce qu'il y avait dans cette chair à plaisir, ce qu'on tira de cette pierre à feu, de ce clavier où ne manquait pas une note... Toute la lyre !... comme disait La Gournerie. »

Jean, très pâle, demanda : « Est-ce qu'il a été son amant, aussi celui-là?...

— La Gournerie?... Je crois bien, j'en ai assez souffert... Quatre ans que nous vivions ensemble comme mari et femme, quatre ans que je la couvais, que je m'épuisais pour suffire à tous ses caprices... maîtres de chant, de piano, de cheval, est-ce que je sais?... Et quand je l'ai eu bien

poli, patinée, taillée en pierre fine, sortie
du ruisseau où je l'avais ramassée une nuit,
devant le bal Ragache, ce bellâtre astiqueur
de rimes est venu me la prendre chez moi,
à la table amie où il s'asseyait tous les dimanches ! »

Il souffla très fort, comme pour chasser
cette vieille rancune d'amour qui vibrait
encore dans sa voix, puis il reprit, plus
calme :

« D'ailleurs, sa canaillerie ne lui a pas
profité... Leurs trois ans de ménage, ça
été l'enfer. Ce poète aux airs câlins était
rat, méchant, maniaque. Ils se peignaient,
fallait voir !... Quand on allait chez eux, on
la trouvait un bandeau sur l'œil, lui la
figure sabrée de griffes... Mais le beau, c'est
lorsqu'il a voulu la quitter. Elle s'accrochait à lui comme une teigne, le suivait,
crevait sa porte, l'attendait couchée en
travers de son paillasson. Une nuit, en
plein hiver, elle est restée cinq heures en
bas de chez la Farcy où ils étaient montés
toute la bande... Une pitié !... Mais le poète
élégiaque demeurait implacable, jusqu'au
jour où pour s'en débarrasser il a fait
marcher la police. Ah ! un joli monsieur...
Et comme fin finale, remerciement à cette
belle fille qui lui avait donné le meilleur de
sa jeunesse, de son intelligence et de sa
chair, il lui a vidé sur la tête un volume de
vers haineux, baveux, d'imprécations, de
lamentations, le *Livre de l'Amour*, son plus
beau livre... »

Immobile, le dos tendu, Gaussin écoutait, aspirait à tout petits coups par un
longue paille la boisson glacée servie
devant lui. Quelque poison, bien sûr, qu'on
lui avait versé là, et qui le gelait du cœur
aux entrailles.

Il grelottait malgré l'heure splendide,
voyait dans une reculée blafarde des
ombres qui allaient et venaient, un ton-
neau d'arrosage arrêté devant la Madeleine, et cet entrecroisement de voitures
roulant sur la terre molle silencieusement
comme sur de la ouate. Plus de bruit dans
Paris, plus rien que ce qui se disait à cette
table. Maintenant Déchelette parlait, c'est
lui qui versait le poison :

« Quelle atroce chose que ces ruptures... »
Et sa voix tranquille et railleuse prenait
une expression de douceur, de pitié infi-
nie... « On a vécu des années ensemble,
dormi l'un contre l'autre, confondu ses
rêves, sa sueur. On s'est tout dit, tout

donné. On a pris des habitudes, des façons
d'être, de parler, même des traits l'un de
l'autre. On se tient de la tête aux pieds...
Le collage enfin !... Puis brusquement on
se quitte, on s'arrache... Comment font-
ils ? Comment a-t-on ce courage ?... Moi,
jamais je ne pourrais... Oui, trompé, ou-
tragé, sali de ridicule et de boue, la femme
pleurerait, me dirait : « Reste... » je ne m'en
irais pas... Et voilà pourquoi, quand j'en
prends une, ce n'est jamais qu'à la nuit...
Pas de lendemain, comme disait la vieille
France... ou alors le mariage. C'est définitif
et plus propre.

— Pas de lendemain... pas de lendemain... Vous en parlez à votre aise. Il y a
des femmes qu'on ne garde pas qu'une
nuit... Celle-là par exemple...

— Je ne lui ai pas donné une minute de
grâce... » fit Déchelette avec un placide
sourire que le pauvre amant trouva hi-
deux.

« Alors c'est que vous n'étiez pas son
type, sans quoi... C'est une fille, quand
elle aime, elle se cramponne... Elle a le
goût du ménage... Du reste, pas de chance
dans ses installations. Elle se met avec Déjoie, le romancier ; il meurt... Elle passe à
Ezano, il se marie... Après, est venu le
beau Flamant, le graveur, l'ancien modèle,
— car elle a toujours eu le béguin du talent
ou de la beauté — et vous savez son épouvantable aventure...

— Quelle aventure ?... » demanda Gaussin, la voix étranglée ; et il se remit à tirer
sur sa paille, en écoutant le drame d'amour
qui passionna Paris, il y a quelques années.

Le graveur était pauvre, fou de cette
femme ; et de peur d'être lâché, pour lui
maintenir son luxe, il fit de faux billets de
banque. Découvert presque aussitôt, coffré
avec sa maîtresse, il en fut quitte pour dix
ans de réclusion, elle six mois de préven-
tion à Saint-Lazare, la preuve de son innocence ayant été faite.

Et Caoudal rappelait à Déchelette, —
qui avait suivi le procès, — comme elle
était jolie sous son petit bonnet de Saint-
Lazare, et crâne, pas feignarde, fidèle à
son homme jusqu'au bout... Et sa réponse
à ce vieux cornichon de président, et le baiser qu'elle envoyait à Flamant par-dessus
les tricornes des gendarmes, en lui criant
d'une voix à attendrir les pierres : « T'ennuie pas, m'ami... Les beaux jours reviendront, nous nous aimerons encore !... »

Le soir, ils dinaient sous le ciel teinté de vert. (Page 24.)

Tout de même, ça l'avait un peu dégoûtée du ménage, la pauvre fille.

« Depuis, lancée dans le monde chic, elle a pris des amants au mois, à la semaine, et jamais d'artistes... Oh ! les artistes, elle en a une peur... J'étais le seul, je crois bien, qu'elle eût continué à voir... De loin en loin elle venait fumer sa cigarette à l'atelier. Puis j'ai passé des mois sans entendre parler d'elle, jusqu'au jour où je l'ai retrouvée en train de déjeuner avec ce bel enfant et lui mangeant des raisins sur la bouche. Je me suis dit : Voilà ma Sapho repincée. »

Jean ne put en entendre davantage. Il se sentait mourir de tout ce poison absorbé. Après le froid de tout à l'heure, une brûlure lui tordait la poitrine, montait à sa tête bourdonnante et près d'éclater comme une tôle chauffée à blanc. Il traversa la chaussée, en chancelant sous les roues des voitures. Des cochers criaient. A qui en avaient-ils, ces imbéciles ?

En passant sur le marché de la Madeleine, il fut troublé par une odeur d'héliotrope, l'odeur préférée de sa maîtresse. Il pressa le pas pour la fuir, et furieux, déchiré, il pensait tout haut : « Ma maîtresse !... oui, une belle ordure... Sapho, Sapho... Dire que j'ai vécu un an avec ça !... » Il répétait le nom avec rage, se rappelant l'avoir vu sur les petits journaux parmi d'autres sobriquets de filles, dans le grotesque Almanach-Gotha de la galanterie : Sapho, Cora, Caro, Phryné, Jeanne de Poitiers, le Phoque...

Et avec les cinq lettres de son nom abominable, toute la vie de cette femme lui passait en fuite d'égout sous les yeux... L'atelier de Caoudal, les trépignées chez La Gournerie, les factions de nuit devant les bouges ou sur le paillasson du poète... Puis le beau graveur, les faux, la cour d'assises... et le petit bonnet du bagne qui lui allait si bien, et le baiser jeté à son faussaire : « T'ennuie pas, m'ami... » M'ami ! le même nom, la même caresse que pour lui... Quelle honte !... Ah ! il allait joliment te balayer ces saletés-là... Et toujours cette odeur d'héliotrope qui le poursuivait dans un crépuscule du même lilas pâle que la toute petite fleur.

Tout à coup, il s'aperçut qu'il était encore à arpenter le marché comme un pont de bateau. Il reprit sa course, arriva d'une traite rue d'Amsterdam, bien décidé

à chasser cette femme de chez lui, à la jeter sur l'escalier sans explication, en lui crachant l'injure de son nom dans le dos. A la porte il hésita, réfléchit, fit quelques pas encore. Elle allait crier, sangloter, lâcher par la maison tout son vocabulaire du trottoir, comme là-bas, rue de l'Arcade...

Écrire ?... oui, c'est cela, il valait mieux écrire, lui régler son compte en quatre

mots, bien féroces. Il entra dans une taverne anglaise, déserte et morne sous le gaz qu'on allumait, s'assit à une table empoissée, près de l'unique consommateur, une fille à tête de mort qui dévorait du saumon fumé, sans boire. Il demanda une pinte d'ale, n'y toucha pas et commença une lettre. Mais trop de mots se pressaient dans sa tête, qui voulaient sortir à la fois, et que l'encre décomposée et grumeleuse traçait lentement à son gré.

Il déchirait deux ou trois commencements, s'en allait enfin sans écrire, quand tout bas près de lui une bouche pleine et

vorace demanda timidement : « Vous ne
buvez pas?... on peut?... » Il fit signe que
oui. La fille se jeta sur la pinte et la vida
d'une goulée violente qui révélait la détresse de cette malheureuse, ayant tout
juste dans sa poche de quoi rassasier sa
faim sans l'arroser d'un peu de bière. Une
pitié lui vint, qui l'apaisa, l'éclaira subitement sur les misères d'une vie de femme; et
il se mit à juger plus humainement, à rai-
sonner son malheur.

Après tout, elle ne lui avait pas menti; et
s'il ne savait rien de sa vie, c'est qu'il ne
s'en était jamais soucié. Que lui reprochait-
il?... Son temps à Saint-Lazare?... Mais
puisqu'on l'avait acquittée, portée presque
en triomphe à la sortie... Alors, quoi?
D'autres hommes avant lui?... Est-ce qu'il
ne le savait pas?... Quelle raison de lui en
vouloir davantage, parce que les noms de
ces amants étaient connus, célèbres, qu'il
pouvait les rencontrer, leur parler, regarder leurs portraits aux devantures? Devait-
il lui faire un crime d'avoir préféré ceux-
là?

Et tout au fond de son être, se levait une
fierté mauvaise, inavouable, de la partager
avec ces grands artistes, de se dire qu'ils
l'avaient trouvé belle. A son âge on n'est
jamais sûr, on ne sait pas bien. On aime
la femme, l'amour; mais les yeux et l'expérience manquent, et le jeune amant qui
vous montre un portrait de sa maîtresse
cherche un regard, une approbation qui le
rassurent. La figure de Sapho lui semblait
grandie, auréolée, depuis qu'il la savait
chantée par La Gournerie, fixée par Caoudal dans le marbre et le bronze.

Mais brusquement repris de rage, il quittait le banc où sa méditation l'avait jeté
sur un boulevard extérieur, au milieu des
cris d'enfants, des commérages de femmes
d'ouvriers dans la poudreuse soirée de juin;
et il se remettait à marcher, à parler tout
haut, furieusement... Joli, le bronze de
Sapho... du bronze de commerce, qui a
traîné partout, banal comme un air d'orgue, comme ce mot de Sapho qui à force de
rouler les siècles s'est encrassé de légendes
immondes sur sa grâce première, et d'un
nom de déesse est devenu l'étiquette d'une
maladie... Quel dégoût que tout cela, mon
Dieu!...

Il s'en allait ainsi, tour à tour apaisé ou
furieux, à ce remous d'idées, de sentiments
contraires. Le boulevard s'assombrissait,
devenait désert. Une fadeur âcre traînait
dans l'air chaud : et il reconnaissait la porte
du grand cimetière où il était venu l'année
d'avant assister avec toute la jeunesse à
l'inauguration d'un buste de Caoudal sur la
tombe de Dejoie, le romancier du quartier
Latin, l'auteur de *Cendrinette*. Dejoie,
Caoudal! L'étrange accent que ces noms
prenaient pour lui depuis deux heures! et
comme elle lui semblait menteuse et lu-
gubre, l'histoire de l'étudiante et de son
petit ménage, maintenant qu'il en savait
les tristes dessous, qu'il avait appris par
Déchelette l'affreux surnom donné à ces
mariages du trottoir.

Toute cette ombre, plus noire du voisinage de la mort, l'effrayait. Il revint sur ses
pas, frôlant des blouses qui rôdaient, silen-
cieuses comme des ailes de nuit, des jupes
sordides à la porte de bouges dont les
vitres dépolies découpaient de grandes lumières de lanterne magique où des couples
passaient, s'embrassaient...Quelle heure?...
Il se sentait brisé, comme une recrue à la
fin de l'étape; et de sa douleur assourdie,
tombée dans ses jambes, il ne lui restait
que la courbature. Oh! se coucher, dormir... Puis au réveil, froidement, sans
colère, il dirait à la femme : « Voilà... je sais
qui tu es... Ce n'est pas ta faute ni la
mienne; mais nous ne pouvons plus vivre
ensemble. Séparons-nous... » Et pour se
mettre à l'abri de ses poursuites, il irait
embrasser sa mère et ses sœurs, secouer au
vent du Rhône, au libre et vivifiant mistral
les souillures et l'effroi de son mauvais
rêve.

Elle s'était couchée, lasse d'attendre, et
dormait en plein sous la lampe, un livre ouvert sur le drap devant elle. Son approche
ne l'éveilla pas; et debout près du lit, il la
regardait curieusement comme une femme
nouvelle, une étrangère qu'il aurait trouvée là.

Belle, oh! belle, les bras, la gorge, les
épaules, d'un ambre fin, solide, sans tache
ni fêlure. Mais sur ces paupières rougies,
— peut-être le roman qu'elle lisait, peut-
être l'inquiétude, l'attente, — sur ces
traits détendus dans le repos et que ne soutenait plus l'âpre désir de la femme qui
veut être aimée, quelle lassitude, quels
aveux! Son âge, son histoire, ses bordées,
ses caprices, ses collages, et Saint-Lazare,

les coups, les larmes, les terreurs, tout se voyait, s'étalait ; et les meurtrissures violettes du plaisir et de l'insomnie, et le pli de dégoût affaissant la lèvre inférieure, usée, fatiguée comme une margelle où tout le communal est venu boire, et la bouffissure commençante qui délie les chairs pour les rides de la vieillesse.

de la même cruelle chose qui le hantait, et dont il torturait Fanny, depuis la rencontre avec Caoudal. Elle, voyant ses yeux baissés, l'air faussement indifférent qu'il prenait pour de nouvelles questions, devina et le prévint :

« Écoute, je sais ce que tu vas me dire... épargne-nous, je t'en prie... on s'épuise à la

Cette trahison du sommeil, le silence de mort enveloppant cela, c'était grand, c'était sinistre ; un champ de bataille à la nuit, avec toute l'horreur qui se montre et celle qu'on devine aux vagues mouvements de l'ombre.

Et tout à coup il vint au pauvre enfant une grosse, une étouffante envie de pleurer.

IV

Ils achevaient de dîner, la fenêtre ouverte, au long sifflement des hirondelles saluant la tombée de la lumière. Jean ne parlait pas, mais il allait parler et toujours

fin... Puisque c'est mort, tout ça, que je n'aime que toi, qu'il n'y a plus que toi au monde...

— Si c'était mort comme tu dis, tout ce passé... » Et il la regardait au fond de ses beaux yeux d'un gris frissonnant et changeant à chaque impression. « ... Tu ne garderais pas des choses qui te le rappellent... oui, là-haut dans l'armoire... »

Le gris se velouta d'un noir d'ombre : « Tu sais donc ? »

Tout ce fatras de lettres d'amour, de portraits, ces archives galantes et glorieuses sauvées de tant de débâcles, il allait donc falloir s'en défaire !

« Au moins me croiras-tu après ? »

Et sur un sourire incrédule qui la défiait, elle courut chercher le coffret de laque dont les ferrures ciselées entre les piles délicates de son linge avaient si fort intrigué son amant depuis quelques jours.

« Brûle, déchire, c'est à toi... »

Mais il ne se pressait pas de tourner la petite clef, regardait les cerisiers à fruits de nacre rose et les vols de cigognes incrustés sur le couvercle qu'il fit sauter brusquement... Tous les formats, toutes les écritures, papiers de couleur aux en-têtes dorés, vieux billets jaunis cassés aux pliures, griffonnages au crayon sur des feuilles de carnet, des cartes de visite, en tas, sans ordre, comme en un tiroir souvent fouillé et bousculé où lui-même enfonçait maintenant ses mains tremblantes...

« Passe-les moi. Je les brûlerai sous tes yeux. »

Elle parlait fiévreusement, accroupie devant la cheminée, une bougie allumée par terre, à côté d'elle.

« Donne... »

Mais lui : « Non... attends... » Et plus bas, comme honteux : « Je voudrais lire...

— Pourquoi? tu vas te faire mal encore... »

Elle ne songeait qu'à sa souffrance et non à l'indélicatesse de livrer ainsi les secrets de passion, la confession sur l'oreiller de tous ces hommes qui l'avaient aimée; et se rapprochant, toujours à genoux, elle lisait en même temps que lui, l'épiait du coin de l'œil.

Dix pages, signées La Gournerie, 1861, d'une écriture longue et fine, dans lesquelles le poète, envoyé en Algérie pour le compte rendu officiel et lyrique du voyage de l'empereur et de l'impératrice, faisait à sa maîtresse une description éblouissante des fêtes.

Alger débordant et grouillant, vraie Bagdad des Mille et une Nuits; toute l'Afrique accourue, entassée autour de la ville, battant ses portes à les rompre, comme un simoun. Caravanes de nègres et de chameaux chargés de gomme, tentes de poil dressées, une odeur de musc humain sur toute cette singerie qui bivouaquait au bord de la mer, dansait la nuit autour de grands feux, s'écartait chaque matin devant l'arrivée des chefs du Sud pareils à des rois Mages avec la pompe orientale, les musiques discordantes, flûtes de roseau, petits tambours rauques, le goum entourant l'étendard du Prophète aux trois couleurs; et derrière, menés en laisse par des nègres, les chevaux destinés en présent à l'*Emberour*, vêtus de soie, caparaçonnés d'argent, secouant à chaque pas des grelots et des broderies.

Le génie du poète rendait tout cela vivant et présent: les mots brillaient sur la page, comme ces pierres sans monture que jugent les joailliers sur du papier. Vraiment elle pouvait en être fière, la femme aux genoux de qui l'on jetait ces richesses. Fallait-il qu'elle fût aimée, puisque, malgré la curiosité de ces fêtes, le poète ne songeait qu'à elle, mourait de ne pas la voir:

« Oh! cette nuit, j'étais avec toi sur le grand divan de la rue de l'Arcade. Tu étais nue, tu étais folle, tu criais de joie sous mes caresses, quand je me suis réveillé en sursaut roulé dans un tapis sur ma terrasse, en pleine nuit d'étoiles. Le cri du muezzin montait d'un minaret voisin en claire et limpide fusée voluptueuse plutôt que priante, et c'est toi que j'entendais encore en sortant de mon rêve... »

Quelle force mauvaise le poussait donc à continuer sa lecture malgré l'horrible jalousie qui blanchissait ses lèvres, contractait ses mains? Doucement, câlinement, Fanny essayait de lui reprendre la lettre; mais il a lut jusqu'au bout, et après celle-là une autre, puis une autre, les laissant tomber au fur et à mesure avec un détachement de mépris, d'indifférence, sans regarder la flamme qui s'avivait dans la cheminée aux effusions lyriques et passionnées du grand poète. Et quelquefois, dans le débordement de cet amour exagéré à la température africaine, le lyrisme de l'amant s'entachait de quelque grosse obscénité de corps de garde dont auraient été surprises et scandalisées les lectrices mondaines du *Livre de l'Amour*, d'un spiritualisme raffiné, immaculé comme la corne d'argent de la Jungfrau.

Misères du cœur! C'est à ces passages surtout que Jean s'arrêtait, à ces souillures de la page, sans se douter des tressauts nerveux qui chaque fois agitaient sa figure. Même il eut le courage de ricaner à ce postscriptum qui suivait le récit éblouissant d'une fête d'Aïssaouas : « Je relis ma lettre... il y a vraiment des choses pas mal; mets-la-moi de côté, je pourrai m'en servir...

— Un monsieur qui ne laissait rien traîner! » fit-il en passant à un autre feuillet de la même écriture où, sur un ton glacé

d'homme d'affaires, La Gournerie réclamait un recueil de chansons arabes et une
paire de babouches en paille de riz. C'était
la liquidation de leur amour. Ah ! il avait
su s'en aller, il était fort, celui-là.

Et sans s'arrêter, Jean continuait à drai-
ner ce marécage d'où montait une haleine
chaude et malsaine. La nuit venue, il avait
mis la bougie sur la table, et parcourait
des billets très courts, illisiblement tracés
comme au poinçon par de trop gros doigts
qui à tous moments, dans une brusquerie
de désir ou de colère, trouaient et déchi-
raient le papier. Les premiers temps d'une
liaison avec Caoudal, rendez-vous, soupers,
parties de campagne, puis des brouilles, de
suppliants retours, des cris, des injures
ignobles et basses d'ouvrier, coupées tout
à coup de drôleries, de mots cocasses, de
reproches sanglotés, toute la faiblesse mise
à nu du grand artiste devant la rupture et
l'abandon.

Le feu prenait cela, allongeait de grands
jets rouges où fumaient et grésillaient la
chair, le sang, les larmes d'un homme de
génie ; mais qu'importait à Fanny, toute
au jeune amant qu'elle surveillait, dont
l'ardente fièvre brûlait à travers leurs
vêtements. Il venait de trouver un portrait
à la plume signé Gavarni, avec cette dédicace : *A mon amie Fanny Legrand, dans
une auberge de Dampierre, un jour qu'il
pleuvait.* Une tête intelligente et doulou-
reuse, aux yeux caves, quelque chose
d'amer et de ravagé.

« Qui est-ce ?

— André Dejoie... J'y tenais à cause de
la signature... »

Il eut un « Garde-le, tu es libre », si contraint, si malheureux, qu'elle prit le dessin,
le jeta au feu en chiffon, pendant que lui
s'abîmait dans la correspondance du romancier, une suite navrante, datée de
plages d'hiver, de villes d'eaux, où l'écrivain envoyé pour sa santé se désespérait de
sa détresse physique et morale, se forant
le crâne pour y trouver une idée loin de
Paris, et mêlait à des demandes de potions,
d'ordonnances, à des inquiétudes d'argent
ou de métier, envois d'épreuves, de billets
renouvelés, toujours le même cri de désir
et d'adoration vers ce beau corps de Sapho
que les médecins lui défendaient.

Jean murmurait, enragé et candide :
« Mais qu'est-ce qu'ils avaient donc tous
pour être après toi comme ça ?... »

C'était pour lui la seule signification de
ces lettres désolées, confessant le désarroi
d'une de ces existences glorieuses qu'en-
vient les jeunes gens et dont rêvent les
femmes romanesques... Oui, qu'avaient-ils
donc tous ? Et que leur faisait-elle boire ?...
Il éprouvait la souffrance atroce d'un
homme qui, garrotté, verrait outrager
devant lui la femme qu'il aime ; et, pourtant, il ne pouvait se décider à vider d'un
coup, les yeux fermés, ce fond de boîte.

A présent, venait le tour du graveur qui,
misérable, inconnu, sans autre célébrité
que celle de la *Gazette des Tribunaux*, ne
devait sa place dans le reliquaire qu'au
grand amour qu'on avait eu pour lui. Dé-
shonorantes, ces lettres datées de Mazas, et
niaises, gauches, sentimentales comme
celles du troupier à sa payse. Mais on y sentait, à travers les poncifs de romance, un
accent de sincérité dans la passion, un respect de la femme, un oubli de soi-même qui
le distinguait des autres, ce forçat ; ainsi,
quand il demandait pardon à Fanny du
crime de l'avoir trop aimée, ou quand du
greffe du Palais de Justice, tout de suite
après sa condamnation, il écrivait sa joie
de savoir sa maîtresse acquittée et libre. Il
ne se plaignait de rien ; il avait eu près
d'elle deux ans d'un bonheur si plein, si
profond, que le souvenir en suffirait pour
remplir sa vie, adoucir l'horreur de son
sort, et il terminait par la demande d'un
service :

« Tu sais que j'ai un enfant au pays, dont
la mère est morte depuis longtemps, il vit
chez une vieille parente, dans un coin si
perdu qu'on n'y saura jamais rien de mon
affaire. L'argent qui me restait, je le leur ai
envoyé, disant que je partais très loin, en
voyage, et c'est sur toi que je compte, ma
bonne Nini, pour t'informer de temps en
temps de ce petit malheureux et m'envoyer
de ses nouvelles... »

Comme preuve de l'intérêt de Fanny,
suivait une lettre de remerciements et une
autre, toute récente, ayant à peine six mois
de date : « Oh ! tu es bonne d'être venue...
Que tu étais belle, comme tu sentais bon,
en face de ma veste de prisonnier dont
j'avais si grand'honte !... » et Jean s'inter-
rompait, furieux : « Tu as donc continué
à le voir ?

— De loin en loin, par charité...

— Même depuis que nous sommes ensemble ?...

— Oui, une fois, une seule, au parloir...
on ne les voit que là.

— Ah ! tu es une bonne fille... »

Cette idée que, malgré leur liaison, elle
visitait ce faussaire, l'exaspérait plus que
tout. Il était trop fier pour le dire; mais
un paquet de lettres, le dernier, noué d'une
faveur bleue sur des petits caractères fins
et penchés, une écriture de femme, déchaîna toute sa colère.

« Je change de tunique après la course
des chars... viens dans ma loge...

— Non, non... ne lis pas ça... »

Elle sautait sur lui, arrachait et jetait au
feu toute la liasse, sans qu'il eût compris
d'abord, même en la voyant à ses genoux,
empourprée du reflet de la flamme et de la
honte de son aveu :

« J'étais jeune, c'est Caoudal... ce grand
fou... Je faisais ce qu'il voulait. »

Alors seulement il comprit, devint très
pâle.

« Ah ! oui... Sapho... toute la lyre... » Et
la repoussant du pied, comme une **bête**

immonde : « Laisse-moi, ne me touche pas,
tu me soulèves le cœur... »

Son cri se perdit dans un effroyable grondement de tonnerre, tout proche et pro-
longé, en même temps qu'une lueur vive
éclairait la chambre... Le feu !... Elle se
dressa épouvantée, prit machinalement la
carafe restée sur la table, la vida sur cet
amas de papiers dont la flamme embrasait
les suies du dernier hiver, puis le pot à
l'eau, les cruches, et se voyant impuissante,
des flammèches voletant jusqu'au milieu
de la chambre, elle courut au balcon en
criant : « Au feu ! Au feu ! »

Les Hettéma arrivèrent les premiers, en-
suite le concierge, les sergents de ville. On
criait :

« Baissez la plaque !... montez sur le
toit !... De l'eau, de l'eau !... non, une couverture !... »

Atterrés, ils regardaient leur intérieur
envahi et souillé; puis, l'alerte finie, le feu
éteint, quand le noir attroupement en bas,
sous le gaz de la rue, se fut dissipé, les voisins rassurés, rentrés chez eux, les deux
amants, au milieu de ce gâchis d'eau, de
suie en boue, de meubles renversés et ruis-
selants, se sentirent écœurés et lâches, sans
force pour reprendre la querelle ni faire la
chambre propre autour d'eux. Quelque
chose de sinistre et de bas venait d'entrer
dans leur vie; et, ce soir-là, oubliant leurs
répugnances anciennes, ils allèrent coucher
à l'hôtel.

Le sacrifice de Fanny ne devait servir
à rien. De ces lettres disparues, brûlées, des
phrases entières retenues par cœur han-
taient la mémoire de l'amoureux, lui montaient au visage en coups de sang, comme
certains passages de mauvais livres. Et ces
anciens amants de sa maîtresse étaient
presque tous des hommes célèbres. Les
morts se survivaient; les vivants, on voyait
leurs portraits et leurs noms partout, on
parlait d'eux devant lui, et chaque fois il
éprouvait une gêne, comme d'un lien de
famille douloureusement rompu.

Le mal lui affinant l'esprit et les yeux, il
arrivait bientôt à retrouver chez Fanny la
trace des influences premières, et les mots,
les idées, les habitudes qu'elle en avait
gardés. Cette façon d'avancer le pouce
comme pour façonner, pétrir l'objet dont
elle parlait, avec un « Tu vois ça d'ici... »

appartenait au sculpteur. A Dejoie, elle avait pris la manie des queues de mots, et les chansons populaires dont il avait publié un recueil, célèbre à tous les coins de la France; à La Gournerie, son intonation hautaine et méprisante, la sévérité de ses jugements sur la littérature moderne.

Elle s'était assimilé tout cela, superposant les disparates, par ce même phénomène de stratification qui permet de connaître l'âge et les révolutions de la terre à ses différentes couches géologiques; et, peut-être, n'était-elle pas aussi intelligente qu'elle lui avait semblé d'abord. Mais il s'agissait bien d'intelligence; sotte comme pas une, vulgaire et de dix ans plus vieille encore, elle l'eût tenu par la force de son passé, par cette jalousie basse qui le rongeait et dont il ne taisait plus les irritations ni les rancœurs, éclatant à tout propos contre l'un et l'autre.

Les romans de Dejoie ne se vendaient plus, toute l'édition traînait sur le quai à vingt-cinq centimes. Et ce vieux fou de Caoudal s'entêtant à l'amour à son âge... « Tu sais qu'il n'a plus de dents... Je le regardais à ce déjeuner de Ville-d'Avray... Il mange comme les chèvres, sur le devant de la bouche. » Fini aussi le talent. Quel four, sa Faunesse au dernier Salon ! « Ça ne tenait pas... » Un mot qui lui venait d'elle, « Ça ne tenait pas... » et qu'elle-même gardait du sculpteur. Quand il entreprenait ainsi un de ses rivaux du temps passé, Fanny faisait chorus pour lui plaire; et l'on aurait entendu ce gamin ignorant de l'art, de la vie, de tous, et cette fille superficielle, frottée d'un peu d'esprit à ces artistes fameux, les juger de haut, les condamner doctoralement.

Mais l'ennemi intime de Gaussin, c'était Flamant le graveur. De celui-là, il savait seulement qu'il était très beau, blond comme lui, qu'on lui disait « m'ami », qu'on allait le voir en cachette, et que lorsqu'il l'attaquait comme les autres, l'appelant « le Forçat sentimental » ou le « Joli réclusionnaire », Fanny détournait la tête sans un mot. Bientôt il accusa sa maîtresse de garder une indulgence pour ce bandit, et elle dut s'en expliquer doucement, mais avec une certaine fermeté.

« Tu sais bien que je ne l'aime plus, Jean, puisque je t'aime... Je ne vais plus là-bas, je ne réponds pas à ses lettres; mais tu ne me feras jamais dire du mal de l'homme qui m'a adorée jusqu'à la folie, jusqu'au crime... » A cet accent de franchise, ce qu'il y avait de meilleur en elle, Jean ne protestait pas, mais il souffrait d'une haine jalouse, aiguisée d'inquiétude, qui le ramenait parfois rue d'Amsterdam en surprise, au milieu du jour. « Si elle était allée le voir ! »

Il la trouvait toujours là, casanière, inactive dans leur petit logis comme une femme d'Orient, ou bien au piano, donnant une leçon de chant à leur grosse voisine, Mⁿᵉ Hettéma. On s'était lié depuis le soir du feu avec ces bonnes gens, placides et pléthoriques, vivant dans un perpétuel courant d'air, portes et fenêtres ouvertes.

Le mari, dessinateur au Musée d'artillerie, apportait de la besogne chez lui, et chaque soir de la semaine, le dimanche toute la journée, on le voyait penché sur sa large table à tréteaux, suant, soufflant, en bras de chemise, secouant ses manches pour y faire circuler l'air, de la barbe jusque dans les yeux. Près de lui, sa grosse femme en camisole s'évaporait aussi, quoiqu'elle ne fît jamais rien; et, pour se rafraîchir le sang, ils entamaient de temps en temps un de leurs duos favoris.

L'intimité s'établit vite entre les deux ménages.

Le matin, vers dix heures, la forte voix d'Hettéma criait devant la porte : « Y êtes-vous, Gaussin? » Et leurs bureaux se trouvant du même côté, ils faisaient route ensemble. Bien lourd, bien vulgaire, de quelques degrés sociaux plus bas que son jeune compagnon, le dessinateur parlait peu, bredouillait comme s'il avait eu autant de barbe dans la bouche que sur les joues; mais on le sentait brave homme, et le désarroi moral de Jean avait besoin de ce contact-là. Il y tenait surtout à cause de sa maîtresse vivant dans une solitude peuplée de souvenirs et de regrets plus dangereux peut-être que les relations auxquelles elle avait volontairement renoncé, et qui trouvait dans Mⁿᵉ Hettéma, sans cesse préoccupée de son homme, et de la surprise gourmande qu'elle lui ferait pour dîner, et de la romance nouvelle qu'elle lui chanterait au dessert, une relation honnête et saine.

Pourtant, quand l'amitié se resserra jusqu'à des invitations réciproques, un scrupule lui vint. Ces gens devaient les croire mariés, sa conscience se refusait au men-

songe, et il chargea Fanny de prévenir la
voisine, pour qu'il n'y eût pas de malen-
tendu. Cela la fit beaucoup rire... Pauvre
bébé ! il n'y avait que lui pour des naïvetés
pareilles... « Mais ils ne l'ont pas cru une
minute que nous étions mariés... Et ce
qu'ils s'en moquent !... Si tu savais où il
a été prendre sa femme... Tout ce que j'ai
fait, moi, c'est de la Saint-Jean à côté. Il
ne l'a épousée que pour l'avoir à lui tout
seul, et tu vois que le passé ne le gêne
guère... »

Il n'en revenait pas. Une ancienne, cette
bonne mère aux yeux clairs, au petit rire
d'enfant sur des traits de chair tendre, aux
provincialismes traînards, et pour qui les
romances n'étaient jamais assez sentimentales, ni les mots trop distingués; et lui,
l'homme si tranquille, si sûr dans son bien-
être amoureux ! Il le regardait marcher
à son côté, la pipe aux dents, avec de
petits souffles de béatitude, pendant que
lui-même songeait toujours, se dévorait de
rage impuissante.

« Ça te passera, m'ami... » lui disait doucement Fanny aux heures où l'on se dit
tout; et elle l'apaisait, tendre et charmante comme au premier jour, mais avec
quelque chose d'abandonné, que Jean ne
savait définir.

C'était l'allure plus libre et la façon de
s'exprimer, une conscience de son pouvoir,
des confidences bizarres et qu'il ne lui demandait pas sur sa vie passée, ses débauches anciennes, ses folies de curiosité. Elle
ne se privait plus de fumer maintenant,
roulant entre ses doigts, posant sur tous
les meubles l'éternelle cigarette qui aveulit
la journée des filles, et dans leurs discussions
elle émettait sur la vie, l'infamie des
hommes, la coquinerie des femmes, les
théories les plus cyniques. Jusqu'à ses
yeux, dont l'expression changeait, alourdis
d'une buée d'eau dormante, où passait
l'éclair d'un rire libertin.

Et l'intimité de leur tendresse se trans-
formait aussi. D'abord réservée avec la jeunesse de son amant dont elle respectait
l'illusion première, la femme ne se gênait
plus après avoir vu l'effet, sur cet enfant,
de son passé de débauche brusquement
découvert, la fièvre de marécage dont elle
lui avait allumé le sang. Et les caresses per-
verses si longtemps retenues, tous ces mots
de délire que ses dents serrées arrêtaient au
passage, elle les lâchait à présent, s'étalait,
se livrait dans son plein de courtisane
amoureuse et savante, dans toute la gloire
horrible de Sapho.

Pudeur, réserve, à quoi bon ? Les hommes
sont tous pareils, enragés de vice et de cor-
ruption, ce petit-là comme les autres. Les
appâter avec ce qu'ils aiment, c'est encore
le meilleur moyen de les tenir. Et ce qu'elle
savait, ces dépravations du plaisir qu'on lui
avait inoculées, Jean les apprenait à son
tour pour les passer à d'autres. Ainsi le
poison va, se propage, brûlure de corps et
d'âme, semblable à ces flambeaux dont
parle le poète latin, et qui couraient de
main en main par le stade.

V

Dans leur chambre, à côté d'un beau
portrait de Fanny par James Tissot, une
épave des anciennes splendeurs de la fille,
il y avait un paysage du Midi, tout noir
et blanc, grossièrement rendu sous le soleil
par un photographe de campagne.

Une côte rocheuse escaladée de vignes,
étayée de murtins de pierre, puis en haut,
derrière des files de cyprès contre le vent
du nord, et s'accotant à un petit bois de
pins et de myrtes aux clairs reflets, la
grande maison blanche, moitié ferme et
moitié château, large perron, toiture ita-
lienne, portes écussonnées, que continuaient les murailles rousses du *mas* provençal, les perchoirs pour les paons, la
crèche aux troupeaux, la baie noire des
hangars ouverts sur le luisant des char-
rues et des herses. La ruine d'anciens
remparts, une tour énorme, déchiquetée
sur un ciel sans nuage, dominait le tout,
avec quelques toits et le clocher roman de
Châteauneuf-des-Papes où les Gaussin
d'Armandy avaient habité de tout temps.

Castelet, clos et domaine, riche de ses
vignobles fameux comme ceux de la Nerte
et de l'Ermitage, se transmettait de père
en fils, indivis entre tous les enfants, mais
toujours le cadet faisait valoir, par cette

tradition familiale d'envoyer l'aîné dans les consulats. Malheureusement la nature contrecarre souvent ces projets; et s'il y eut jamais un être incapable de gérer un domaine, de gérer n'importe quoi, c'était bien Césaire Gaussin, à qui incombait à vingt-quatre ans cette lourde responsabilité.

Libertin, coureur de tripots et de guille-doux villageois, Césaire, ou plutôt *le Fénat*, le vaurien, le mauvais drôle, pour lui garder son surnom de jeunesse, accentuait ce type contradictoire qui apparaît de loin en loin dans les familles les plus austères, dont il est comme la soupape d'échappement.

En quelques années d'incurie, de dilapidations imbéciles, de bouillottes désastreuses aux cercles d'Avignon et d'Orange, le clos fut hypothéqué, les caves de réserve mises à sec, les récoltes à venir vendues d'avance; puis un jour, à la veille d'une saisie définitive, le Fénat imita la signature de son frère, fit trois traites payables au consulat de Shang-Haï, persuadé qu'avant l'échéance il trouverait l'argent pour les retirer; mais elles arrivèrent régulièrement à l'aîné avec une lettre éperdue avouant la ruine et les faux. Le consul accourut à Châteauneuf, remédia à cette situation désespérée, à l'aide de ses économies et de la dot de sa femme, et voyant l'incapacité du Fénat, il renonça à la « carrière » qui s'ouvrait pourtant brillante devant lui et se fit simplement vigneron.

Un vrai Gaussin, celui-là, traditionnel jusqu'à la manie, violent et calme, à la façon des volcans éteints qui gardent des menaces et des réserves d'éruption, laborieux avec cela, très entendu à la culture. Grâce à lui, Castelet prospéra, s'agrandit de toutes les terres jusqu'au Rhône, et, comme les chances humaines vont toujours par compagnie, le petit Jean fit son apparition sous les myrtes du domaine. Pendant ce temps, le Fénat errait par la maison, anéanti sous le poids de sa faute, osant à peine lever les yeux vers son frère dont le méprisant silence l'accablait; il ne respirait qu'aux champs, à la chasse, à la pêche, fatiguant son chagrin à d'ineptes besognes, ramassant des escargots, se taillant des cannes superbes de myrte ou de roseau, et déjeunant tout seul dehors d'une brochette de becs-fins qu'il cuisait, sur un feu de souches d'oliviers, au milieu de la garrigue. Le soir, rentré pour dîner à la table fraternelle, il ne prononçait pas un mot, malgré l'indulgent sourire de sa belle-sœur, pitoyable au pauvre être et le fournissant d'argent de poche, en cachette de son mari qui tenait rigueur au Fénat, moins pour ses sottises passées que pour toutes celles à commettre; et en effet, la grande incartade réparée, l'orgueil de Gaussin l'aîné fut mis à une nouvelle épreuve.

Trois fois par semaine, venait en journée de couture, à Castelet, une jolie fille de pêcheurs, Divonne Abrieu, née dans l'oseraie au bord du Rhône, vraie plante fluviale à la tige ondulante et longue. Sous sa *catalane* à trois pièces enserrant sa petite tête et dont les brides rejetées laissaient admirer l'attache du cou légèrement bistré comme le visage, jusqu'aux névés délicats de la gorge et des épaules, elle faisait songer à quelque *done* des anciennes cours d'amour jadis tenues tout autour de Châteauneuf, à Courthezon, à Vacqueiras, dans ces vieux donjons dont les ruines s'effritent par les collines.

Ce souvenir historique n'était pour rien dans l'amour de Césaire, âme simple, dénuée d'idéal et de lecture ; mais, de petite taille, il aimait les femmes grandes et fut pris dès le premier jour. Il s'y entendait, le Fénat, à ces aventures villageoises : une contredanse au bal le dimanche, un cadeau de gibier, puis à la première rencontre en pleins champs la vive attaque à

la renverse, sur la lavande ou le paillis. Il se trouva que Divonne ne dansait pas, qu'elle rapporta le gibier à la cuisine, et que solide comme un de ces peupliers de rive, blancs et flexibles, elle envoya le séducteur rouler à dix pas. Depuis, elle le tint à distance avec la pointe des ciseaux pendus à sa ceinture par un clavier d'acier, le rendit fou d'amour, si bien qu'il parla d'épouser et se confia à sa belle-sœur. Celle-ci, connaissant Divonne Abrieu depuis l'enfance, la sachant sérieuse et délicate, trouvait dans le fond de son cœur que cette

mésalliance serait peut-être le salut du Fénat ; mais la fierté du consul se révoltait à l'idée d'un Gaussin d'Armandy épousant une paysanne : « Si Césaire fait cela, je ne le revois plus... » Et il tint parole.

Césaire marié quitta Castelet, alla vivre au bord du Rhône chez les parents de sa femme, d'une petite rente que lui servait son frère et qu'apportait tous les mois l'indulgente belle-sœur. Le petit Jean accompagnait sa mère dans ses visites, ravi de la cabane des Abrieu, sorte de rotonde enfumée, secouée par la tramontane ou le mistral, et que soutenait une poutre unique et verticale comme un mât. La porte ouverte encadrait le petit môle où séchaient les filets, où luisait et frétillait l'argent vif et nacré des écailles ; au bas de deux ou trois grosses barques houlant et criant sur leurs amarres, et le grand fleuve joyeux, large, lumineux, tout rebroussé par le vent contre ses îles en touffes d'un vert pâle. Et, tout petit, Jean prenait là son goût des lointains voyages, et de la mer qu'il n'avait pas encore vue.

Cet exil de l'oncle Césaire dura deux ou trois ans, n'aurait jamais fini peut-être, sans un événement familial, la naissance des deux petites bessonnes, Marthe et Marie. La mère tomba malade à la suite de cette double couche, et Césaire et sa femme eurent la permission de venir la voir. La réconciliation des deux frères suivit, irraisonnée, instinctive, par la toute-puissance du même sang ; le ménage habita Castelet, et comme une incurable anémie, compliquée bientôt de goutte rhumatismale, immobilisait la pauvre mère, Divonne se trouva chargée de mener la maison, de surveiller la nourriture des petites, le personnel nombreux, d'aller voir Jean deux fois la semaine au lycée d'Avignon, sans compter que le soin de sa malade la réclamait à toute heure.

Femme d'ordre et de tête, elle suppléait à l'instruction qui lui manquait par son intelligence, son âpreté paysanne, les lambeaux d'études restés dans la cervelle du Fénat dompté et discipliné. Le consul se reposait sur elle de toute la dépense de la maison, très lourde avec ses charges accrues et des revenus diminuant d'année en année, rongés au pied des vignes par le phylloxéra. Toute la plaine était atteinte, mais le clos résistait encore, et c'était la préoccupation du consul : sauver le clos à force de recherches et d'expériences.

Cette Divonne Abrieu qui restait fidèle à ses coiffes, à son clavier d'artisane et se tenait si modestement à sa place d'intendante, de dame de compagnie, garda la maison de la gêne en ces années de crise, la malade toujours entourée des mêmes soins coûteux, les petites élevées près de leur mère, en demoiselles, la pension de Jean régulièrement payée, d'abord au lycée puis à Aix, où il faisait son droit, enfin à Paris où il était allé l'achever.

Par quels miracles d'ordre, de vigilance y arrivait-elle, tous l'ignoraient comme elle-même. Mais chaque fois que Jean songeait à Castelet, qu'il levait les yeux vers la photographie à reflets pâles, effacée de lumière, la première figure évoquée, le premier nom prononcé, c'était Divonne, la paysanne au grand cœur qu'il sentait cachée derrière la gentilhommière et la tenant debout par l'effort de sa volonté. Depuis quelques jours cependant, depuis qu'il savait ce qu'était sa maîtresse, il évitait de prononcer ce nom vénéré devant elle, comme celui de sa mère ni d'aucun des siens; même la photographie le gênait à regarder, déplacée, égarée à cette muraille, au-dessus du lit de Sapho.

Un jour, en rentrant dîner, il fut surpris de voir trois couverts au lieu de deux, plus encore de trouver Fanny en train de jouer aux cartes avec un petit homme qu'il ne reconnut pas d'abord, mais qui en se retournant lui montra les yeux clairs de chèvre folle, le grand nez conquérant dans une face hâlée et poupine, le crâne chauve et la barbe de ligueur de l'oncle Césaire. Au cri de son neveu, il répondit sans lâcher les cartes :

« Tu vois, je ne m'ennuie pas, je fais un bézigue avec ma nièce. »

Sa nièce !

Et Jean qui cachait si soigneusement sa liaison à tout le monde ! Cette familiarité lui déplut, et les choses que Césaire lui débitait à voix basse, pendant que Fanny s'occupait du dîner... « Mon compliment, petit... des yeux... des bras... un morceau de roi. » Ce fut bien pis, quand à table le Fénat se mit à parler sans aucune réserve des affaires de Castelet, de ce qui l'amenait à Paris.

Le prétexte du voyage c'était de l'ar-

gent à toucher, huit mille francs qu'il avait prêtés autrefois à son ami Courbebaisse et qu'il ne comptait jamais revoir, quand une lettre du notaire lui avait appris et la mort de Courbebaisse, *pechère !* et le remboursement tout prêt de ses huit mille francs. Mais le vrai motif, car on aurait pu lui faire parvenir l'argent, « le vrai motif, c'est la santé de ta mère, mon pauvre... Depuis quelque temps elle s'affaiblit beaucoup, et des fois qu'il y a, sa tête déménage, elle oublie tout, jusqu'au nom des petites. L'autre soir, ton père sortait de sa chambre, et elle a demandé à Divonne qui était ce bon Monsieur qui venait la voir si souvent. Personne ne s'est encore aperçu de cela que ta tante, et elle ne m'en a parlé que pour me décider à venir consulter Bouchereau sur l'état de la pauvre femme qu'il a soignée autrefois.

— Avez-vous eu déjà des fous dans votre famille ? » demanda Fanny, l'air doctoral et grave, son air La Gournerie.

« Jamais... » dit le Fénat, ajoutant avec un sourire malin, froncé jusqu'aux tempes, qu'il avait été un peu toqué dans sa jeunesse... « Mais ma folie ne déplaisait pas aux dames, et l'on n'a pas eu besoin de m'enfermer. »

Jean les regardait, navré. Au chagrin que lui causait la triste nouvelle, se joignait un oppressant malaise d'entendre cette femme parler de sa mère, de ses infirmités d'âge critique, avec le libre langage et l'expérience d'une matrone, les coudes sur la nappe, en roulant une cigarette. Et l'autre, bavard, indiscret, s'abandonnait, disait les secrets intimes de la famille.

Ah ! les vignes... fichues les vignes !... Et le clos lui-même n'en avait plus pour longtemps; la moitié des cépages était déjà dévorée, et l'on ne conservait le reste que par miracle, en soignant chaque grappe, chaque grain comme des enfants malades, avec des drogues qui coûtaient cher. Le terrible, c'est que le consul s'entêtait à planter toujours de nouveaux ceps que le ver attaquait, au lieu de laisser à la culture des oliviers, des câpriers, toute cette bonne terre inutile couverte de pampres lépreux et roussis.

Heureusement qu'il avait, lui, Césaire. quelques hectares au bord du Rhône, qu'il soignait par l'immersion, une découverte superbe applicable seulement dans les ter-

rains bas. Déjà une bonne récolte l'encou-
rageait, d'un petit vin pas très chaud, « du
vin de grenouille », disait le consul dédaigneusement ; mais le Fénat s'entêtait aussi,
et, avec les huit mille francs de Courbebaisse, il allait acheter la Piboulette...

« Tu sais, petit, la première île sur le
Rhône, en aval des Abrien... mais ceci

entre nous, il faut que personne à Castelet
ne se doute de rien encore...

— Pas même Divonne, mon oncle ?
demanda Fanny en souriant...

Au nom de sa femme, les yeux du Fénat
se mouillèrent :

— Oh ! Divonne, je ne fais jamais rien
sans elle. Elle a foi dans mon idée d'ailleurs,
et serait si heureuse que son pauvre Césaire refît la fortune de Castelet, après en
avoir commencé la ruine. »

Jean frémit ; allait-il donc faire sa confession, raconter cette lamentable histoire des faux ? Mais le Provençal, tout à
sa tendresse pour Divonne, s'était mis à

parler d'elle, du bonheur qu'elle lui donnait. Et si belle avec ça, magnifiquement
charpentée :

« Tenez, ma nièce, vous qui êtes femme,
vous devez vous y connaître. »

Il lui tendait un portrait-carte, tiré de
son portefeuille, et qui ne le quittait jamais.

A l'accent filial de Jean quand il parlait de sa tante, aux conseils maternels
de la paysanne écrits d'une grande écriture
un peu tremblée, Fanny se figurait une de
ces villageoises à marmotte de Seine-et-
Oise, et resta saisie devant ce joli visage
aux lignes pures, éclairci par l'étroite
coiffe blanche, cette taille élégante et
souple d'une femme de trente-cinq ans.

« Très belle en effet... » dit-elle en pin-
çant les lèvres, d'une intonation singulière.

« Et une charpente ! » fit l'oncle qui tenait à son image.

Puis on passa sur le balcon. Après une
journée chaude dont le zinc de la véran-
dah brûlait encore, il tombait d'un nuage
perdu une fine pluie d'arrosage qui ra-
fraîchissait l'air, tintait gaiement sur les
toits, éclaboussait les trottoirs. Paris riait
sous cette ondée, et le train de la foule, des
voitures, toute cette rumeur montante
grisait le provincial, remuait dans sa tête
vide et mobile comme un grelot, des rap-
pels de jeunesse, et d'un séjour de trois
mois qu'il avait fait, quelque trente ans
auparavant, chez son ami Courbebaisse.

Quelle noce, mes enfants, quelles bordées !... Et leur entrée au Prado une nuit
de mi-carême, Courbebaisse en Chicard,
et sa maîtresse, la Mornas, en marchande
de chansons, un déguisement qui lui avait
porté chance, puisqu'elle était devenue une
célébrité de café-concert. Lui-même, l'oncle, remorquait un petit chiffon du quartier
que l'on appelait Pellicule... Et tout ragail-
lardi, il riait de la bouche jusqu'aux tempes, fredonnait des airs à danser, saisis-
sait en mesure sa nièce par la taille. A minuit, quand il les quitta pour gagner l'hôtel
Cujas, le seul qu'il connût dans Paris, il
chantait à pleine gorge dans l'escalier,
envoyait des baisers à sa nièce qui l'éclairait, et criait à Jean :

« Tu sais, prends garde à toi !... »

Dès qu'il fut parti, Fanny, dont le front
gardait un pli préoccupé, passa vivement
dans son cabinet de toilette et, par la porte

restée entr'ouverte, pendant que Jean se couchait, elle commençait d'une voix presque insouciante : « Dis donc, elle est très jolie, ta tante... ça ne m'étonne plus si tu en parlais si souvent... Vous avez dû lui en faire porter à ce pauvre Fénat, une tête à ça, du reste... »

Il protestait de toute son indignation... Divonne ! une seconde mère pour lui, qui, tout petit, le soignait, l'habillait... Elle l'avait sauvé d'une maladie, de la mort... non, jamais la tentation ne lui serait venue d'une infamie pareille.

« Va donc, va donc, reprenait la voix stridente de la femme, des épingles à coiffer entre les dents, tu ne me feras pas croire qu'avec ces yeux-là et la belle charpente dont parlait cet imbécile, sa Divonne ait pu rester sans désir à côté d'un joli blond à peau de fille comme toi !... Vois-tu, des bords du Rhône ou d'ailleurs, nous sommes toutes les mêmes... »

Elle le disait avec conviction, croyant son sexe entier facile à tout caprice et vaincu du premier désir. Lui, se défendait, mais troublé, interrogeant ses souvenirs, se demandant si jamais le frôlement d'une innocente caresse avait pu l'avertir d'un danger quelconque ; et quoique ne trouvant rien, la candeur de son affection restait atteinte, le pur camée rayé d'un coup d'ongle.

« Tiens !... regarde... la coiffe de ton pays... »

Sur ses beaux cheveux, massés en deux longs bandeaux, elle avait épinglé un fichu blanc qui imitait assez bien la catalane, le béguin à trois pièces des filles de Châteauneuf ; et droite devant lui, dans les plis laiteux de sa batiste de nuit, les yeux brûlants, elle lui demandait :

« Est-ce que je ressemble à Divonne ? »

Oh ! non, pas du tout ; elle ne ressemblait qu'à elle-même sous ce petit bonnet rappelant l'autre, celui de Saint-Lazare, qui la rendait si jolie, disait-on, pendant qu'elle envoyait à son forçat un baiser d'adieu en plein tribunal : « T'ennuie pas, m'ami, les beaux jours reviendront... »

Et ce souvenir lui fit tant de mal que, sitôt sa maîtresse couchée, il éteignit bien vite, pour ne plus la voir.

Le lendemain de bonne heure, l'oncle arrivait en casseur, la canne haute, criant :

« Ohé ! les bébés, » avec l'intonation fringante et protégeante qu'avait Courbebaisse autrefois quand il venait le chercher dans les bras de Pellicule. Il paraissait encore plus excité que la veille : l'hôtel Cujas, sans doute, et surtout les huit mille francs pliés dans son portefeuille. L'argent de la Piboulette, bé oui, mais il avait bien le droit d'en distraire quelques louis pour offrir un déjeuner à la campagne à sa nièce !...

« Et Bouchereau ? » observa le neveu, qui ne pouvait manquer son ministère deux jours de suite. Il fut convenu qu'on déjeunerait aux Champs-Élysées et que les deux hommes iraient après à la consultation.

Ce n'était pas ce que le Fénat avait rêvé, l'arrivée à Saint-Cloud en grande remise, du champagne plein la voiture ; mais le repas fut charmant tout de même sur la terrasse du restaurant ombragée d'acacias et de vernis du Japon, que traversaient les flons-flons d'une répétition de jour au voisin café-concert. Césaire, très bavard, très galant, mit toutes ses grâces à l'air pour éblouir la Parisienne. Il « attrapait » les garçons, complimentait le chef de sa sauce meunière ; et Fanny riait d'un élan bête et forcé, d'une niaiserie de cabinet particulier, qui fit de la peine à Gaussin, ainsi que l'intimité s'établissant entre l'oncle et la nièce par-dessus sa tête.

On eût dit des amis de vingt ans. Le Fénat, devenu sentimental avec les vins du dessert, parlait de Castelet, de Divonne et aussi de son petit Jean ; il était heureux de le savoir avec elle, une femme sérieuse qui l'empêcherait de faire des sottises. Et sur le caractère un peu ombrageux du jeune homme, la façon de le prendre, il lui donnait des conseils comme à une jeune mariée, en lui tapotant les bras, la langue épaisse, l'œil éteint et mouillé.

Il se dégrisa chez Bouchereau. Deux heures d'attente au premier étage de la place Vendôme, dans ces grands salons, hauts et froids, encombrés d'une foule silencieuse et angoissée ; l'enfer de la douleur dont ils traversèrent successivement tous les cercles, passant de pièce en pièce jusqu'au cabinet de l'illustre savant.

Bouchereau, avec sa mémoire prodigieuse, se souvint très bien de Mme Gaussin, étant venu en consultation à Castelet dix ans auparavant, au commencement de la maladie; il s'en fit raconter les différentes phases, relut les ordonnances anciennes et, tout de suite, rassura les deux hommes sur les accidents cérébraux qui venaient de se produire et qu'il attribuait à l'emploi de certains médicaments. Pendant qu'immobile, ses gros sourcils baissés sur ses petits yeux aigus et fouilleurs, il écrivait une longue lettre à son confrère d'Avi-

de son enfantillage, de sa légèreté; et le lendemain, en s'éveillant, il se félicitait de le savoir rentré, sous clé, près de Divonne, quand on le vit apparaître, la figure à l'envers, le linge en désordre :

« Bon Dieu ! mon oncle, que vous arrive-t-il ? »

Effondré dans un fauteuil, sans voix et sans gestes d'abord, mais s'animant à me-

gnon, l'oncle et le neveu écoutaient, retenant leur souffle, le grincement de cette plume qui couvrait pour eux, à elle seule, toute la rumeur du Paris luxueux; et subitement leur apparaissait la puissance du médecin dans les temps modernes, dernier prêtre, croyance suprême, invincible superstition...

Césaire sortit de là, sérieux et refroidi :

« Je rentre à l'hôtel boucler ma malle, l'air de Paris est mauvais pour moi, vois-tu, petit... si j'y restais, je ferais des bêtises. Je prendrai ce soir le train de sept heures, excuse-moi près de ma nièce, hé ? »

Jean se garda bien de le retenir, effrayé

sure, l'oncle avoua une rencontre du temps de Courbebaisse, le dîner trop copieux, les huit mille francs perdus la nuit dans un tripot... Plus un sou, rien !... Comment rentrer là-bas, raconter ça à Divonne ! Et l'achat de la Piboulette... Tout à coup pris d'une sorte de délire, il se mettait les mains sur les yeux, les pouces bouchant les oreilles, et hurlant, sanglotant, déchaîné, le méridional s'invectivait, étalait son remords dans une confession générale de toute sa vie. Il était la honte et le malheur des siens; des types tels que lui dans les familles, on aurait le droit de les abattre comme des loups. Sans la générosité de son frère, où serait-il?... Au bagne avec les voleurs et les faussaires.

« Mon oncle, mon oncle !... » disait Gaussin très malheureux, essayant de l'arrêter.

Mais l'autre, volontairement aveugle et sourd, se délectait à ce témoignage public de son crime, raconté dans les moindres détails, tandis que Fanny le regardait avec une pitié mêlée d'admiration. Un passionné au moins celui-là, un brûle-tout comme elle les aimait; et, remuée dans ses entrailles de bonne fille, elle cherchait un moyen de lui venir en aide. Mais lequel? Elle ne voyait plus personne depuis un an. Jean n'avait aucune relation... Subitement un nom lui vint à l'esprit : Déchelette !... Il devait être à Paris en ce moment, et c'était un si bon garçon.

« Mais je le connais à peine... dit Jean.

— J'irai, moi...

— Comment! tu veux?...

— Pourquoi pas? »

Leurs regards se croisèrent et se comprirent. Déchelette aussi avait été son amant, l'amant d'une nuit qu'elle se rappelait à peine. Mais lui n'en oubliait pas un; ils étaient tous en rang dans sa tête, comme les saints d'un calendrier.

« Si cela t'ennuie... » fit-elle un peu gênée. Alors Césaire, qui, pendant ce court débat, s'était interrompu de crier, très anxieux, tourna vers eux un tel regard de supplication désespérée, que Jean se résigna, consentit entre les dents...

Qu'elle leur parut longue cette heure, à tous deux, déchirés par des pensers qu'ils ne s'avouaient pas, appuyés au balcon, guettant la rentrée de la femme.

« C'est donc bien loin, ce Déchelette...

— Mais non, rue de Rome... à deux pas, » répondait Jean furieux, et trouvant, lui aussi, que Fanny était bien longue à revenir. Il essayait de se tranquilliser avec la devise amoureuse de l'ingénieur : « Pas de lendemain », et la façon méprisante dont il l'avait entendu parler de Sapho, comme d'une ancienne de la vie galante; mais sa fierté d'amant se révoltait, et il aurait presque souhaité que Déchelette la trouvât encore belle et désirable. Ah ! ce vieux toqué de Césaire avait bien besoin de rouvrir ainsi toutes ses plaies.

Enfin le mantelet de Fanny tourna l'angle de la rue. Elle rentrait, rayonnante :

« C'est fait... j'ai l'argent. »

Les huit mille francs étalés devant lui, l'oncle pleurait de joie, voulait faire un reçu, fixer sur les intérêts, la date du remboursement.

« Inutile, mon oncle... Je n'ai pas prononcé votre nom... C'est à moi qu'on a prêté cet argent, c'est à moi que vous le devez. et aussi longtemps qu'il vous plaira.

— Des services pareils, mon enfant, répondait Césaire transporté de reconnaissance, on les paye avec de l'amitié qui ne finit plus... » Et dans la gare, où Gaussin l'accompagnait pour être assuré cette fois de son départ, il répétait les larmes aux yeux : « Quelle femme, quel trésor !... Il faut la rendre heureuse, vois-tu... »

Jean resta très fâché de cette aventure, sentant sa chaîne, déjà si lourde, se river de plus en plus, et se confondre deux choses que sa délicatesse native avait toujours tenues séparées et distinctes : la famille et sa liaison. A présent, Césaire mettait la maîtresse au courant de ses travaux, de ses plantations, lui donnait des nouvelles de tout Castelet; et Fanny critiquait l'obstination du consul dans l'affaire des vignes, parlait de la santé de la mère, irritait Jean d'une sollicitude ou de conseils déplacés. Jamais d'allusion au service rendu, par exemple, ni à l'ancienne aventure du Fénat, à cette tare de la maison d'Armandy, que l'oncle avait livrée devant elle. Une seule fois elle s'en faisait une arme de riposte, dans les circonstances que voici :

Ils rentraient du théâtre, et montaient en voiture, sous la pluie, à une station du boulevard. L'équipage, une de ces guimbardes qui ne roulent qu'après minuit, fut long à démarrer, l'homme endormi, la bête secouant sa musette. Pendant qu'ils attendaient à couvert dans le fiacre, un vieux cocher, en train de rajuster une mèche à son fouet, s'approcha tranquillement de la portière, son filin entre les dents, et dit à Fanny d'une voix cassée qui puait le vin :

« Bonsoir... Comment qu'ça va?

— Tiens, c'est vous? »

Elle eut un petit tressaut vite réprimé et, tout bas, à son amant : « Mon père !... »

Son père, ce maraudeur à la longue lévite d'ancienne livrée, souillée de boue, aux boutons de métal arrachés et montrant sous le gaz du trottoir une face bouffie, apoplectisée d'alcool, où Gaussin croyait retrouver en vulgaire le profil régulier et sensuel de Fanny, ses larges yeux de jouisseuse ! Sans se préoccuper de l'homme qui accompagnait sa fille, et comme s'il ne l'eût pas vu, le père Legrand donnait des nouvelles de la maison. « La vieille est à Necker depuis quinze jours, elle file un mauvais coton... Va donc la voir un de ces jeudis, ça y donnera du courage... Moi, heureusement, le coffre est solide; toujours bon fouet, bonne mèche. Seulement le commerce ne va pas fort... Si j'avais besoin d'un bon cocher au mois, ça ferait joliment mon affaire... Non? tant pis alors, et à la revoyure... »

Ils se serrèrent les mains mollement; le fiacre partit.

« Hein? crois-tu... » murmurait Fanny; et tout de suite elle se mit à lui parler longuement de sa famille, ce qu'elle avait toujours évité... « c'était si laid, si bas... » mais on se connaissait mieux maintenant; on n'avait plus rien à se cacher.

Elle était née au Moulin-aux-Anglais, dans la banlieue, de ce père, ancien dragon, qui faisait le service des voitures de Paris à Châtillon, et d'une servante d'auberge, entre deux tournées de comptoir.

Elle n'avait pas connu sa mère, morte en couches; seulement les patrons du relai, braves gens, obligèrent le père à reconnaître sa petite et à payer les mois de nourrice. Il n'osa pas refuser, car il devait gros dans la maison, et quand Fanny eut quatre ans il l'emmenait sur sa voiture comme un petit chien, nichée en haut, sous la bâche, amusée de rouler ainsi par les chemins, de voir la lumière des lanternes courir des deux côtes, fumer et haleter le dos des bêtes, de s'endormir au noir, à la bise, en entendant sonner les grelots.

Mais le père Legrand se fatigua vite de cette pose à la paternité; si peu que ça coûtât, il fallait la nourrir, l'habiller, cette merveuse. Puis elle le gênait pour un mariage avec la veuve d'un maraîcher dont il guignait les cloches à melon, les choux en carrés alignés sur son itinéraire. Elle eut alors la sensation très nette que son père voulait la perdre; c'était on idée fixe d'ivrogne, se débarrasser de l'enfant à toute force, et si la veuve elle-même, la brave mère Machaume, n'avait pris la fillette sous sa protection...

« Au fait tu l'as connue, Machaume, dit Fanny.

— Comment ! cette servante que j'ai vue chez toi...

— C'était ma belle-mère... Elle avait été si bonne pour moi quand j'étais petite; je la prenais pour l'arracher à son gueux de mari qui, après lui avoir mangé tout son bien, la rouait de coups, l'obligeait à servir une gaupe avec laquelle il vivait... Ah ! la pauvre Machaume, elle sait ce que coûte un bel homme... Eh bien ! quand elle m'a eu quittée, malgré tout ce que j'ai pu lui dire, elle est courue se remettre avec lui, et maintenant la voilà à l'hospice. Comme il se laisse aller sans elle, le vieux gredin ! était-il sale ! quelle mine de rouleur ! il n'y a que son fouet... as-tu vu comme il le tenait droit?... Même soûl à tomber, il le porte devant lui comme un cierge, le serre dans sa chambre; il n'a jamais eu que ça de propre... Bon fouet, bonne mèche, c'est son mot. »

Elle en parlait inconsciemment, ainsi que d'un étranger, sans dégoût ni honte et Jean s'épouvantait à l'entendre. Ce père !... cette mère !... en face de la figure sévère du consul et de l'angélique sourire de Mme Gaussin !... Et comprenant tout à coup ce qu'il y avait dans le silence de son amant, quelle révolte contre ce gâchis social dont il s'éclaboussait auprès d'elle : « Après tout, dit Fanny sur un ton philosophe, c'est un peu ça dans toutes les familles, on n'en est pas responsable... moi, j'ai mon père Legrand; toi, tu as ton oncle Césaire. »

VI

« Mon cher enfant, je t'écris encore toute tremblante du gros tourment que nous venons d'avoir; nos bessonnes disparues, parties de Castelet pendant tout un jour, une nuit et la matinée du lendemain !...

« C'est dimanche, à l'heure du déjeuner, qu'on s'est aperçu que les petites manquaient. Je les avais faites belles pour la messe de huit heures où le consul devait les conduire, puis je ne m'en étais plus occupée, retenue auprès de ta mère plus nerveuse que d'habitude, comme sentant le malheur qui rôdait autour de nous. Tu sais qu'elle a toujours eu ça depuis sa maladie, de prévoir ce qui doit arriver; et moins elle peut bouger, plus sa tête travaille.

« Ta mère dans sa chambre heureusement, tu nous vois tous à la salle, attendant les petites; on les appelle par le clos, le berger souffle avec sa grosse coquille à ramener les brebis, puis Césaire d'un côté, moi d'un autre, Rousseline, Tardive, nous voilà tous à galoper dans Castelet et, chaque fois, en nous rencontrant : « Eh bien? — Rien vu. » A la fin on n'osait plus demander; le cœur battant, on allait au puits, au bas des hautes fenêtres du grenier... Quelle journée!... et il me fallait monter à tout moment près de ta mère, sourire d'un air tranquille, expliquer l'absence des petites en disant que je les avais envoyées passer le dimanche chez leur tante de Villamuris. Elle avait paru le croire; mais tard dans la soirée, pendant que je la veillais, guettant derrière la vitre les lumières qui couraient dans la plaine et sur le Rhône à la recherche des enfants, je l'entendis qui pleurait doucement dans son lit; et comme je l'interrogeais : « Je pleure pour quelque chose que l'on me cache, mais que j'ai deviné tout de même..., » me répondit-elle de cette voix de petite fille qui lui est revenue à force de souffrance; et sans plus nous parler, nous nous inquiétions toutes deux, à part dans notre chagrin...

« Enfin, mon cher enfant, pour ne pas faire durer cette pénible histoire, le lundi matin nos petites nous furent ramenées par les ouvriers que ton oncle occupe dans l'île et qui les avaient trouvées sur un tas de sarments, pâles de froid et de faim après cette nuit en plein air, au milieu de l'eau. Et voici ce qu'elles nous ont conté dans l'innocence de leurs petits cœurs. Depuis longtemps l'idée les tourmentait de faire comme leurs patronnes Marthe et Marie dont elles avaient lu l'histoire,

de s'en aller dans un bateau sans voiles ni rames, ni provisions d'aucune sorte, répandre l'Évangile sur le premier rivage où les pousserait le souffle de Dieu. Dimanche donc après la messe, détachant une barque à la pêcherie et s'agenouillant au fond comme les saintes femmes, tandis que le courant les emportait, elles s'en sont allées doucement, échouer dans les roseaux de la Piboulette, malgré les grandes eaux de la saison, les coups de vent, les *révoulins*... Oui, le bon Dieu les gardait et c'est lui qui

nous les a rendues, les jolies! ayant un peu fripé leurs guimpes du dimanche et gâté la dorure de leurs paroissiens. On n'a pas eu la force de les gronder, seulement de grands baisers à bras ouverts; mais nous sommes tous restés malades de la peur que nous avons eue.

« La plus frappée, c'est ta mère qui, sans que nous lui ayons encore rien raconté, a senti, comme elle dit, passer la mort sur Castelet, et garde, elle si tranquille, si gaie d'ordinaire, une tristesse que rien ne peut guérir, malgré que ton père, moi, tout le monde nous nous serrions tendrement autour d'elle... Et si je te disais, mon Jean, que c'est de toi, surtout, qu'elle languit et s'inquiète. Elle n'ose pas l'avouer devant le père, qui veut qu'on te laisse à ton travail, mais tu n'es pas venu après ton examen comme tu l'avais promis. Fais-nous la suprise pour les fêtes de Noël; que notre malade reprenne son bon sourire. Si tu savais, quand on ne les a plus, ses vieux, comme on regrette de ne pas leur avoir donné plus de temps... »

Debout près de la fenêtre où filtrait un jour paresseux d'hiver sous le brouillard, Jean lisait cette lettre, en savourait le bouquet sauvage, les chers souvenirs de tendresse et de soleil.

« Qu'est-ce que c'est?... fais voir... »

Fanny venait de s'éveiller à la jaune lueur du rideau écarté et, toute bouffie de sommeil, allongeait machinalement la main vers le paquet de maryland à demeure sur la table de nuit. Il hésita, sachant la jalousie qu'exaspérait en sa maîtresse le nom seul de Divonne; mais comment dissimuler le billet dont elle reconnaissait la provenance et le format?

D'abord l'escapade des fillettes l'émut gentiment, tandis que, les bras et la gorge à l'air, dressée sur l'oreiller dans le flot de ses cheveux bruns, elle lisait tout en roulant une cigarette; mais la fin l'irrita jusqu'à la fureur, et chiffonnant et jetant la lettre par la chambre : « Je t'en collerai, moi, des saintes femmes! Tout ça des inventions pour te faire partir... Son beau neveu lui manque à cette... »

Il voulut l'arrêter, empêcher le mot ordurier qu'elle lança et bien d'autres à la file. Jamais elle ne s'était encore emportée aussi grossièrement devant lui, dans ce débordement de colère fangeuse, d'égout crevé lâchant sa vase et sa puanteur.

Tout l'argot de son passé de fille et de voyou gonflait son cou, détendait sa lèvre.

Pas malin de voir ce qu'ils voulaient tous là-bas... Césaire avait parlé, et l'on combinait ça en famille de rompre leur liaison, de l'attirer au pays avec la belle charpente de la Divonne pour amorce.

« D'abord, tu sais, si tu pars, moi je lui écris à ton cocu... Je t'avertis... ah mais!... » En parlant, elle se ramassait haineusement sur le lit, blême, la face creuse, les traits grandis, comme une bête méchante prête à bondir.

Et Gaussin se rappelait l'avoir vue ainsi rue de l'Arcade; mais c'était contre lui maintenant, cette haine rugie qui lui donnait la tentation de tomber sur sa maîtresse et de la battre, car en ces amours de chair où l'estime et le respect de l'être aimé sont néant, la brutalité surgit toujours dans la colère ou les caresses. Il eut peur de lui-même, s'échappa pour son bureau, et tout en marchant il s'indigna contre cette vie qu'il s'était faite. Ça lui apprendrait à se livrer à une pareille femme!... Que d'infamies, que d'horreurs!... Ses sœurs, sa mère, il y en avait eu pour tout le monde... Quoi! pas même le droit d'aller voir les siens. Mais dans quel bagne s'était-il donc enfermé? Et toute l'histoire de leur liaison lui apparaissait, il voyait comment les beaux bras nus de l'Égyptienne, noués à son cou le soir du bal, s'étaient cramponnés despotes et forts, l'isolant de ses amis, de sa famille. Maintenant, sa résolution était prise. Le soir même et coûte que coûte, il partirait pour Castelet.

Quelques affaires expédiées, son congé obtenu au ministère, il revint chez lui de bonne heure, s'attendant à une scène terrible, prêt à tout, même à la rupture. Mais le bonjour bien doux que Fanny lui dit tout de suite, ses yeux gros, ses joues comme amollies de larmes, lui laissèrent à peine le courage d'une volonté.

« Je pars ce soir... » fit-il en se raidissant.

« Tu as raison, m'ami... Va voir ta mère, et surtout... » Elle se rapprochait câlinement... « Oublie comme j'ai été méchante, je t'aime trop, c'est ma folie... »

Tout le restant du jour, faisant la malle avec de coquettes sollicitudes, ramenée à la douceur des premiers temps, elle garda cette attitude repentie, peut-être dans l'espoir de le retenir. Pourtant, pas une fois elle ne lui demanda : « Reste... » et lorsqu'à la dernière minute, tout espoir perdu devant les apprêts définitifs, elle se frôlait, se serrait contre son amant, tâchant de l'imprégner d'elle pour toute la durée de la route et de l'absence, son adieu, son baiser ne murmurèrent que ceci : « Dis, Jean, tu ne m'en veux pas?... »

Oh ! l'ivresse, au matin, de s'éveiller dans sa petite chambre d'enfant, le cœur encore chaud des étreintes familiales, des belles effusions de l'arrivée, de retrouver à la même place, sur la moustiquaire de son lit étroit, la même barre lumineuse qu'y cherchaient ses réveils passés, d'entendre les cris des paons sur leurs perchoirs, grincer la poulie du puits, le culbutement à pattes pressées du troupeau, et, lorsqu'il eut fait claquer ses volets à la muraille, de revoir cette belle lumière chaude qui entrait par nappes, en tombée d'écluse, et ce merveilleux horizon de vignes en pente, de cyprès, d'oliviers et de miroitants bois de pins, se perdant jusqu'au Rhône sous un ciel profond et pur, sans un duvet de brume malgré l'heure matinale, un ciel vert, balayé toute la nuit par le mistral qui remplissait encore l'immense vallée de son souffle allègre et fort.

Jean comparait ce réveil à ceux de là-bas sous un ciel boueux comme son amour et se sentait heureux et libre. Il descendit. La maison blanche de soleil dormait encore, tous ses volets fermés comme des yeux ; et il fut heureux d'un moment de solitude pour se reprendre, dans cette convalescence morale qu'il sentait commencer pour lui.

Il fit quelques pas sur la terrasse, prit une allée montante du parc, ce qu'on appelait le parc, un bois de pins et de myrtes jetés au hasard dans la côte rude de Castelet, coupée de sentiers inégaux tout glissants d'aiguilles sèches. Son chien Miracle,

bien vieux et boitant, était sorti de sa niche, et le suivait silencieusement dans ses talons ; ils avaient si souvent fait ensemble cette promenade du matin !

A l'entrée des vignes, dont les grands cyprès de clôture inclinaient leurs cimes pointues, le chien hésita ; il savait combien le sol en épaisse couche de sable — un nouveau remède au phylloxera que le consul était en train d'essayer — serait difficile à ses vieilles pattes, ainsi que les gradins d'étai de la terrasse. La joie de suivre son maître le décida pourtant; et c'étaient à chaque obstacle de douloureux efforts, des petits cris peureux, des arrêts et des maladresses de crabe sur un rocher. Jean ne le regardait pas, tout occupé de ce nouveau plant d'alicante, dont son père l'avait longtemps entretenu la veille. Les souches paraissaient d'une belle venue sur le sable uni et luisant. Enfin le pauvre homme allait être payé de ses peines entêtées; le clos de Castelet pourrait revivre, quand la Nerte, l'Ermitage, tous les grands crus du Midi étaient morts !

Une petite coiffe blanche se dressa tout à coup devant lui. C'était Divonne, la première levée à la maison; elle avait une serpette dans la main, autre chose aussi qu'elle jeta, et ses joues si mates d'ordinaire s'allumaient d'une rougeur vive : « C'est toi, Jean?... tu m'as fait peur... J'ai cru que c'était ton père... » Puis se remettant, elle l'embrassa : « As-tu bien dormi?

— Très bien, tante, mais pourquoi craigniez-vous l'arrivée de mon père?...

— Pourquoi?... »

Elle ramassa le pied de vigne qu'elle venait d'arracher :

« Le consul t'a dit, n'est-ce pas, que cette fois il était sûr de réussir... Eh bien, té ! voilà la bête... »

Jean regardait une petite mousse jaunâtre incrustée dans le bois, l'imperceptible moisissure qui de proche en proche a ruiné des provinces entières; et c'était une ironie de la nature, dans cette splendide matinée, sous le soleil vivifiant, que cet infiniment petit, destructeur et indestructible.

« C'est le commencement... Dans trois mois tout le clos sera dévoré, et ton père recommencera encore, car il y a mis son orgueil. Ce seront de nouveaux plants, de nouveaux remèdes, jusqu'au jour... »

Un geste désolé acheva et souligna sa phrase.

« Vraiment ! nous en sommes là?

— Oh ! tu connais le consul... Il ne dit jamais rien, me donne le mois comme toujours; mais je le vois préoccupé. Il court à Avignon, à Orange. C'est de l'argent qu'il cherche...

— Et Césaire? ses immersions? » demanda le jeune homme consterné.

Grâce à Dieu, par là tout allait bien. Ils avaient eu cinquante pièces de petit vin à la dernière récolte; et cet an apporterait le double. Devant ce succès le consul avait cédé à son frère toutes les vignes de la plaine, restées jusqu'ici en jachères, en alignements de bois morts comme un cimetière de campagne; et maintenant elles étaient sous l'eau pour trois mois...

Et fière de l'œuvre de son homme, de son Fénat, la Provençale montrait à Jean, du lieu élevé où ils se trouvaient, de grands étangs, des *clairs*, maintenus par des bourrelets de chaux, comme sur les salines.

« Dans deux ans ce cépage donnera; dans deux ans aussi la Piboulette, et encore l'île de Lamotte que ton oncle a achetée sans le dire... Alors nous serons riches... mais il faut tenir jusque-là, et que chacun y mette du sien et se sacrifie. »

Elle en parlait gaiement du sacrifice en femme qu'il n'étonne plus, et avec un si facile entraînement que Jean, traversé d'une idée subite, lui répondit sur le même ton : « On se sacrifiera, Divonne... »

Le jour même, il écrivit à Fanny que ses parents ne pouvaient lui continuer sa pension, qu'il serait réduit aux appointements ministériels et que, dans ces conditions, la vie à deux devenait impossible. C'était rompre plus tôt qu'il n'avait pensé, trois ou quatre ans avant le départ prévu; mais il comptait que sa maîtresse accepterait ces raisons graves, et qu'elle aurait pitié de lui et de sa peine, l'aiderait dans cet accomplissement douloureux d'un devoir.

Était-ce bien un sacrifice? Ne fut-il pas au contraire soulagé d'en finir avec une existence qui lui semblait odieuse et malsaine, depuis surtout qu'il était rendu à la nature, à la famille, aux affections simples et droites?... Sa lettre écrite sans lutte ni souffrance, il compta, pour le défendre contre une réponse qu'il prévoyait furieuse, pleine de menaces et d'extravagances, sur la tendresse honnête et fidèle des braves cœurs qui l'entouraient, l'exemple de ce père droit et fier entre tous, sur le sourire candide des petites saintes femmes, et aussi sur ces grands horizons paisibles, aux saines émanations de montagnes, ce ciel en hauteur, ce fleuve rapide et entraînant; car en songeant à sa passion, à toutes les vilenies dont elle était faite, il lui semblait sortir d'une fièvre pernicieuse comme on en gagne à la buée des terrains marécageux.

Cinq ou six jours se passèrent dans le silence du grand coup porté. Matin et soir, Jean allait à la poste et revenait les mains vides, singulièrement troublé. Que faisait-elle? Qu'avait-elle décidé, et, en tout cas, pourquoi ne pas répondre? Il ne pensait qu'à cela. Et la nuit, tout le monde dormant à Castelet avec le bruit berceur du vent par les longs corridors, ils en causaient Césaire et lui, dans sa petite chambre.

« Elle est dans le cas d'arriver !... » disait l'oncle; et son inquiétude se doublait de ceci, qu'il avait dû mettre sous l'enveloppe de la rupture deux billets, à six mois et à un an, réglant sa dette avec les intérêts. Comment les paierait-il, ces billets? Comment expliquer à Divonne?... Il frissonnait rien que d'y penser et faisait peine à son neveu, quand, le nez allongé et secouant sa pipe, la veillée finie, il lui disait tristement : « Allons, bonsoir... de toute manière c'est très bien ce que tu as fait là. »

Enfin elle arriva cette réponse, et dès les premières lignes : « Mon homme chéri, je ne t'ai pas écrit plus tôt, parce que je tenais à te prouver autrement que par des paroles à quel point je te comprends et je t'aime..., » Jean s'arrêta, surpris comme un homme qui entend une symphonie à la place de la chamade qu'il redoutait. Il tourna vite la dernière page, où il lut « ... rester jusqu'à la mort ton chien qui t'aime, que tu peux battre, et qui te caresse passionnément... »

Elle n'avait donc pas reçu sa lettre! Mais, reprise ligne à ligne et les larmes aux yeux, celle-ci était bien une réponse, disait bien que Fanny s'attendait depuis longtemps à cette mauvaise nouvelle, à la détresse de Castelet amenant l'inévitable séparation. Tout de suite elle s'était mise en quête d'une occupation pour ne plus rester à sa charge, et elle avait trouvé la gérance d'un hôtel meublé, avenue du Bois-de-Boulogne, au compte d'une dame très riche. Cent francs par mois, nourrie, logée et la liberté des dimanches...

« Tu entends, mon homme, tout un jour par semaine pour nous aimer; car tu voudras bien encore, dis? Tu me récompenseras du grand effort que je fais de travailler pour la première fois de ma vie, de cet esclavage de nuit et du jour que j'accepte,

avec des humiliations que tu ne peux te figurer et qui seront bien lourdes à ma folie d'indépendance... Mais j'éprouve un contentement extraordinaire à souffrir par amour de toi. Je te dois tant, tu m'as fait comprendre tant de bonnes et honnêtes choses dont personne ne m'avait jamais parlé ! Ah ! si nous nous étions rencontrés plus tôt !... Mais tu ne marchais pas encore que déjà je roulais dans les bras des hommes. Pas un de ceux-là, toujours, ne pourra se vanter de m'avoir inspiré une résolution pareille pour le garder encore un petit peu... Maintenant, reviens quand tu voudras, l'appartement est libre. J'ai ramassé toutes mes affaires; c'était ça le plus dur, secouer les tiroirs et les souvenirs. Tu ne trouveras que mon portrait qui ne te coûtera rien, lui; seulement les bons regards que je mendie en sa faveur. Ah ! m'ami, m'ami... Enfin, si tu me gardes mon dimanche et ma petite place dans ton cou... ma place, tu sais... » Et des tendresses, des câlineries, une voluptueuse lècherie de mère chatte, de ces mots de passion, qui faisaient l'amant frôler son visage au papier satiné, comme si la caresse s'en dégageait humaine et tiède.

« Elle ne parle pas de mes billets? » demanda timidement l'oncle Césaire.

« Elle vous les renvoie... Vous la rembourserez quand vous serez riche... »

L'oncle eut un soupir soulagé, les tempes froncées de contentement, et avec une gravité prudhommesque, sa forte intonation méridionale :

« Té ! veux-tu que je te dise... Cette femme-là, c'est une sainte. »

Puis, passant à un autre ordre d'idées, par cette mobilité, ce manque de logique et de mémoire, une des cocasseries de sa nature : « Et quelle passion, mon bon, quel feu ! J'en ai la bouche sèche, comme quand Courbebaisse me lisait la correspondance de la Mornas... »

Une fois encore, Jean dut subir le premier voyage à Paris, l'hôtel Cujas, Pellicule; mais il n'entendait pas, accoudé à la fenêtre ouverte sur la nuit apaisée, baignée d'une lune pleine, tellement brillante que les coqs s'y trompaient et la saluaient comme le jour levant.

Ainsi donc c'était vrai cette rédemption par l'amour dont parlent les poètes; et il éprouvait une fierté à songer que tous ces grands, ces illustres que Fanny avait aimés avant lui, loin de la régénérer, la dépravaient davantage, tandis que lui, par la seule force de son honnêteté, la tirerait peut-être du vice pour toujours.

Il lui était reconnaissant d'avoir trouvé ce moyen terme, cette demi-rupture où elle prendrait les nouvelles habitudes de travail si difficiles à sa nature indolente; et sur un ton paternel, de vieux monsieur, il lui écrivit le lendemain pour encourager sa réforme s'inquiéter du genre d'hôtel qu'elle gérait, du monde qui venait là; car il se méfiait de son indulgence et de sa facilité à dire en se résignant : « Qu'est-ce que tu veux ? c'est comme ça... »

Courrier par courrier, avec une docilité de petite fille, Fanny lui fit le tableau de son hôtel, vraie maison de famille habitée par des étrangers. Au premier, des Péruviens, père et mère, enfants et domestiques nombreux; au second, des Russes, et un riche Hollandais, marchand de corail. Les chambres du troisième logeaient deux écuyers de l'Hippodrome, chic anglais, très comme il faut, et le plus intéressant petit ménage, Mlle Minna Vogel, citharisté de Stuttgart, avec son frère Léo, un pauvre petit poitrinaire, obligé d'interrompre ses études de clarinette au Conservatoire de Paris, et que la grande sœur était venue soigner, sans autre ressource que le produit de quelques concerts pour payer l'hôtel et la pension.

« Tout ce qu'on peut imaginer de plus touchant et de plus honorable, comme tu vois, mon homme chéri. Moi-même, je passe pour veuve, et l'on ne montre toutes sortes d'égard. Je ne souffrirais pas d'abord qu'il en fût autrement; il faut que ta femme soit respectée. Quand je dis « ta femme », comprends-moi bien. Je sais que tu t'en iras un jour, que je te perdrai, mais après il n'y en aura plus d'autre; à jamais je resterai tienne, conservant le goût de tes caresses et les bons instincts que tu as réveillés en moi... C'est bien drôle, n'est-ce pas, Sapho vertueuse !... Oui, vertueuse, quand tu ne seras plus là; mais pour toi je me garde telle que tu m'as aimée, délirante et brûlante... je t'adore... »

Subitement, Jean fut pris d'une grande tristesse ennuyée. Ces retours de l'enfant prodigue, après les joies de l'arrivée, l'orgie de veau gras et d'effusions tendres, souf-frirent toujours des hantises de la vie nomade, du regret des glands amers et du paresseux troupeau à conduire. C'est un désenchantement qui tombe des choses et des êtres, tout à coup dépouillés et décolorés.

Les matins de l'hiver provençal n'avaient plus pour lui leur salubre allégresse, ni d'attrait la chasse aux belles loutres mordorées, le long des berges, ni le tir aux macreuses dans le *naye-chien* du vieil Abrieu. Jean trouvait le vent dur, l'eau rêche, et bien monotones les promenades dans les vignes inondées avec l'oncle expliquant son système de vannes, martelières, rigoles d'amenée.

Le village, qu'il revoyait les premiers jours à travers ses courses joyeuses de gamin, baraques anciennes, quelques-unes abandonnées, sentait la mort et la désolation d'un village italien; et quand il allait à la poste, il lui fallait subir, sur la pierre branlante de chaque porte, le rabâchage de tous ces vieux tordus comme des plein-vent, les bras passés dans des morceaux de bas tricotés, de ces vieilles au menton de buis jaune sous leurs coiffes serrées, aux petits yeux luisants et frétillants comme il en brille aux lézardes des vieux murs.

Toujours les mêmes lamentations sur la mort des vignes, la fin de la garance, la maladie des mûriers, les sept plaies d'Égypte ruinant ce beau pays de Provence; et pour les éviter, quelquefois il revenait par les ruelles en pente qui longent les anciens murs d'enceinte du château des Papes, ruelles désertes encombrées de broussailles, de ces grandes herbes de Saint-Roch pour guérir les dartres, bien à leur place dans ce coin moyen âge, ombré de l'énorme ruine déchiquetée en haut du chemin.

Alors il rencontrait le curé Malassagne venant de dire sa messe et descendant à grands pas furieux, le rabat de travers, sa soutane relevée à deux mains, à cause des ronces et des teignes. Le prêtre s'arrêtait, tonnait contre l'impiété des paysans, l'infamie du conseil municipal; il jetait sa malédiction sur les champs, les bêtes et les hommes, des malandrins qui ne venaient plus à l'office, qui enterraient leurs morts sans sacrements, se soignaient par le magnétisme, le spiritisme, pour s'épargner le prêtre et le médecin :

— Je ne suis donc plus ta Divonne à qui tu disais toutes tes peines ?
(Page 54.)

« Oui, monsieur, le spiritisme ! voilà où ils en arrivent, nos paysans du Comtat... Et vous ne voulez pas que les vignes soient malades !... »

Jean, qui avait la lettre de Fanny toute ouverte et embrasée dans sa poche, écoutait, le regard absent, échappait le plus vite possible à l'homélie du prêtre, et rentrait à Castelet s'abriter dans un creux de roche, ce que les Provençaux appellent un « cagnard », garanti du vent qui souffle tout autour et concentrant le soleil réverbéré dans la pierre.

Il choisissait le plus perdu, le plus sauvage, envahi par les ronces et les chênes kermès, s'y terrait pour lire sa lettre; et peu à peu, de la fine odeur qu'elle exhalait, de la caresse des mots, des images évoquées, lui venait une griserie sensuelle qui activait son pouls, l'hallucinait jusqu'à faire disparaître comme un décor inutile le fleuve, les îles en bouquets, les villages aux creux des Alpilles, toute la courbe de l'immense vallée où la bourrasque chassait, roulait en flots la poudre du soleil. Il était là-bas, dans leur chambre, devant la gare aux toits gris, en proie aux caresses folles, à ces désirs furieux qui les cramponnaient l'un à l'autre avec des crispations de noyés...

Tout à coup, des pas dans le sentier, des rires clairs : « Il est là !... » Ses sœurs apparaissaient, petites jambes nues dans la lavande, conduites par le vieux Miracle, tout fier d'avoir dépisté son maître et remuant la queue victorieusement; mais Jean le renvoyait d'un coup de pied et rebutait les offres de jouer à cache-cache ou à courir qu'on lui faisait d'un air timide. Il les aimait pourtant, ses petites bessonnes raffolant du grand frère toujours si loin; il s'était fait enfant pour elles dès l'arrivée, s'amusait du contraste de ces jolies créatures nées en même temps et si dissemblables. L'une longue, brune, les cheveux crépelés, à la fois mystique et volontaire; c'est elle qui avait eu l'idée de la barque, exaltée par les lectures du curé Malassagne, et cette petite Marie l'Égyptienne avait entraîné la blonde Marthe, un peu molle et douce, ressemblant à sa mère et à son frère.

Mais quelle gêne odieuse, pendant qu'il était à remuer ses souvenirs, que ces innocentes câlineries d'enfants se frottant au parfum coquet que mettait sur lui la let-tre de sa maîtresse ! « Non, laissez-moi... il faut que je travaille... » Et il rentrait avec l'intention de s'enfermer chez lui, quand la voix de son père l'appelait au passage.

« C'est toi, Jean... écoute donc... »

L'heure du courrier apportait de nouveaux sujets de morosité à cet homme déjà sombre de nature, gardant de l'Orient des habitudes de solennité silencieuse, coupée de brusques souvenirs... « quand j'étais consul à Hong-Kong, » qui partaient en éclat de souches au grand feu. Pendant qu'il écoutait son père lire et discuter ses journaux du matin, Jean regardait sur la cheminée la Sapho de Caoudal, les bras aux genoux, sa lyre à côté d'elle, TOUTE LA LYRE, un bronze acheté il y avait vingt ans, lors des embellissements de Castelet; et ce bronze du commerce, qui l'écœurait aux vitrines parisiennes, lui donnait ici dans son isolement une émotion amoureuse, l'envie de baiser ces épaules, de délier ces bras froids et polis, de se faire dire : « Sapho pour toi, mais rien que pour toi ! »

L'image tentatrice se levait quand il sortait, marchait avec lui, doublait le bruit de son pas dans le grand escalier pompeux. C'était le nom de Sapho que rythmait le balancier de la vieille horloge, que chuchotait le vent par les grands corridors dallés et froids de la demeure estivale, son nom qu'il retrouvait dans tous les livres de cette bibliothèque de campagne, vieux bouquins à tranches rouges conservant entre la brochure des miettes de ses goûters d'enfant. Et cet obsédant souvenir de sa maîtresse le poursuivait jusque dans la chambre maternelle, où Divonne coiffait la malade, relevait les beaux cheveux blancs sur ce visage resté paisible et rose malgré des tortures variées et perpétuelles.

« Ah ! voilà notre Jean, » disait la mère. Mais avec son cou nu, sa petite coiffe, ses manches retroussées pour cette toilette dont elle seule avait la charge, sa tante lui rappelait d'autres réveils, évoquait la maîtresse encore, sautant du lit dans le nuage de sa première cigarette. Il s'en voulait d'idées pareilles, dans cette chambre surtout ! Que faire cependant pour y échapper?

« Notre enfant n'est plus le même, ma sœur, » disait Mme Gaussin tristement... « Qu'est-ce qu'il a? » Et elles cherchaient ensemble. Divonne torturait son entendement ingénu, elle aurait voulu questionner le jeune homme; mais il semblait la fuir maintenant, éviter d'être seul avec elle.

Une fois, l'ayant guetté, elle vint le surprendre au cagnard dans la fièvre de ses lettres et de ses mauvais rêves. Il se levait, l'œil sombre... Elle le retint, s'assit près

de lui sur la pierre chaude : « Tu ne m'aimes donc plus?... Je ne suis donc plus ta Divonne à qui tu disais toutes tes peines?

— Mais si, mais si... » bégayait-il, troublé par sa façon tendre, et détournant les yeux pour qu'elle ne pût y retrouver quelque chose de ce qu'il venait de lire, appels d'amour, cris éperdus, le délire de la passion à distance. « Qu'as-tu?... pourquoi es-tu triste? » murmurait Divonne avec des câlineries de voix et de mains comme on en a pour les enfants. C'était un peu son petit, il restait pour elle à dix ans, l'âge des petits hommes qu'on émancipe.

Lui, déjà brûlant de sa lecture, s'exaltait au charme troublant de ce beau corps si près du sien, de cette bouche fraîche au sang avivé par le grand air qui dérangeait les cheveux, les envolait au-dessus du front en délicats frisons à la mode parisienne. Et les leçons de Sapho : « Toutes les femmes sont les mêmes... en face de l'homme elles n'ont qu'une idée en tête... » lui faisaient trouver provocants l'heureux sourire de la paysanne, son geste pour le retenir au tendre interrogatoire.

Tout à coup, il sentit monter le vertige d'une tentation mauvaise; et l'effort qu'il faisait pour y résister le secoua d'un frisson convulsif. Divonne s'effrayait de le voir si pâle, les dents claquantes. « Ah ! le pauvre... il a la fièvre... » D'un geste de tendresse irréfléchi elle dénouait le grand fichu qui entourait sa taille pour le lui mettre au cou; mais brusquement saisie, enveloppée, elle sentit la brûlure d'une caresse folle sur sa nuque, ses épaules, toute la chair étincelante qui venait de jaillir au soleil. Elle n'eut le temps de crier ni de se défendre, peut-être même pas le sentiment juste de ce qui venait de se passer. « Ah ! je suis fou... je suis fou... » Il se sauvait déjà loin dans la garrigue dont les pierres roulaient sinistrement sous ses pieds.

A déjeuner, ce jour-là, Jean annonça qu'il partirait le soir même, rappelé par un ordre du ministre. — « Partir, déjà !... tu avais dit... tu ne fais qu'arriver... » Et des cris, des supplications. Mais il ne pouvait plus rester avec eux, puisque entre toutes ces tendresses intervenait l'influence agitante et corruptrice de Sapho. D'ailleurs, ne leur avait-il pas fait le plus grand sacrifice en renonçant à la vie à deux? La rupture complète s'achèverait un peu plus tard; et il reviendrait alors aimer sans honte, ni gêne, embrasser tous ces braves gens.

Il était nuit, la maison couchée, éteinte, quand Césaire revint de conduire son neveu au train d'Avignon. L'avoine donnée au cheval, après avoir scruté le ciel, — ce regard aux présages du temps, des hommes qui vivent de la terre, — il allait rentrer quand il vit une forme blanche sur un banc de la terrasse. « C'est toi, Divonne?

— Oui, je t'attendais... »

Très occupée tout le jour, séparée de son Fénat qu'elle adorait, ils avaient le soir de ces rendez-vous pour causer, faire un tour de promenade ensemble. Était-ce la courte scène entre elle et Jean, comprise en y pensant, et plus qu'elle n'eût voulu, ou l'émotion d'avoir vu pleurer la pauvre mère tout le jour silencieusement? Elle avait la voix altérée, une inquiétude d'esprit extraordinaire chez cette calme personne de devoir. « Sais-tu quelque chose? Pourquoi nous a-t-il quittés si vivement?... » Elle ne croyait pas à cette histoire de ministère, soupçonnant plutôt quelque attache mauvaise qui tirait l'enfant loin de sa famille. Tant de dangers, de si fatales rencontres dans ce Paris de perdition !

Césaire, qui ne savait rien lui cacher, avoua qu'il y avait en effet une femme dans la vie de Jean, mais une bonne créature incapable de le détourner des siens; et il parla de son dévouement, des lettres touchantes qu'elle écrivait, vanta surtout la résolution courageuse qu'elle avait prise de travailler, ce qui sembla tout naturel à la paysanne : « Car enfin, il faut travailler pour vivre.

— Pas ce genre de femmes-là... dit Césaire.

— C'est donc une rien du tout avec qui Jean vivait !... Et tu es allé là dedans?...

— Je te jure, Divonne, que depuis qu'elle le connaît il n'y a pas de femme plus chaste, plus honnête... L'amour l'a réhabilitée. »

Mais c'étaient des mots trop longs, Divonne ne comprenait pas. Pour elle, cette dame rentrait dans ce rebut qu'elle appelait « les mauvaises femmes », et la pensée que son Jean était la proie d'une créature pareille l'indignait. Si le consul se doutait de cela !...

Césaire essayait de la calmer, assurait par tous les plis de sa bonne face un peu grivoise qu'à l'âge du garçon on ne pouvait se passer de femme. « Té, pardi ! qu'il se marie, » dit-elle avec une conviction attendrissante.

« Enfin ils ne sont déjà plus ensemble, c'est toujours ça... »

Elle alors, d'un ton grave : « Écoute, Césaire... tu sais comme on dit chez nous : Le malheur dure toujours plus que celui qui l'amène... Si c'est vraiment comme tu racontes, si Jean a tiré cette femme de la boue, il s'est peut-être bien sali à cette triste besogne. Possible qu'il l'ait rendue meilleure et plus honnête, mais qui sait si le mauvais qui était en elle n'a pas gâté notre enfant jusqu'au cœur ! »

Ils revenaient vers la terrasse. Nuit paisible et limpide sur toute la vallée silencieuse où rien ne vivait que la lumière glissante de la lune, le fleuve houleux, les *clairs* en flaques d'argent. On respirait le calme, l'éloignement de tout, le grand repos d'un sommeil sans rêves. Soudain le train montant déroula au bord du Rhône sa rumeur sourde à toute vapeur,

« Oh ! ce Paris, » dit Divonne, montrant le poing vers l'ennemi que la province charge de toutes ses colères... « ce Paris !... ce qu'on lui donne et ce qu'il nous renvoie ! »

VII

Il faisait un froid brumeux, une après-midi sombre à quatre heures, même sur cette large avenue des Champs-Élysées où se hâtaient les voitures dans un roulement sourd et ouaté. C'est à peine si Jean put lire, au fond d'un jardinet dont la grille était ouverte, ces lettres dorées, très hautes, au-dessus de l'entresol d'une maison à l'aspect luxueux et tranquille de cottage : *Appartements meublés, pension de famille*. Un coupé attendait au ras du trottoir.

La porte du bureau poussée, Jean la vit tout de suite, celle qu'il cherchait, assise dans le jour de la fenêtre, feuilletant un gros livre de comptes en face d'une autre femme, élégante et grande, un mouchoir aux mains et un petit sac de boursicotière.

« Vous désirez, monsieur?... » Fanny le reconnut, se leva, saisie, et passant devant la dame : « C'est le petit... » dit-elle tout bas. L'autre examina Gaussin des pieds à la tête avec le beau sang-froid connaisseur que donne l'expérience, et très haut, sans se gêner : « Embrassez-vous, mes enfants... Je ne vous regarde pas. » Puis elle se mit à la place de Fanny, continua à vérifier ses chiffres.

Ils s'étaient pris les mains, se chuchotaient des phrases bêtes : « Comment ça va? — Pas mal, merci... — Alors tu es parti hier au soir?... » Mais l'altération de leurs voix donnait aux mots leur vraie signification. Et assis sur le divan, se remettant un peu : « Tu n'as pas reconnu ma patronne?... » disait Fanny à voix basse... « tu l'as déjà vue pourtant... au bal de Déchelette, en mariée espagnole... Un peu défraîchie, la mariée.

— Alors c'est?...

— Rosario Sanchès, la femme à de Potter. »

Cette Rosario, Rosa, de son nom de fête écrit sur toutes les glaces des restaurants de nuit et toujours souligné de quelque ordure, était une ancienne « dame des chars » à l'Hippodrome, célèbre dans le monde de la noce par son dévergondage cynique, ses coups de gueule et de cravache très recherchés des hommes de cercle, qu'elle menait comme ses chevaux.

Espagnole d'Oran, elle avait été plus belle que jolie et tirait encore aux lumières un certain effet de ses yeux noirs bistrés, de ses sourcils rejoints en barre; mais ici, même dans ce faux jour, elle avait bien ses cinquante ans, marqués sur une face plate, dure, à la peau soulevée et jaune comme un limon de son pays. Intime de Fanny Legrand pendant des années, elle l'avait chaperonnée dans la galanterie, et rien que son nom épouvantait l'amoureux.

Fanny, qui comprit le tremblement de son bras, essaya de s'excuser. A qui s'adresser pour trouver un emploi? On était bien embarrassé. D'ailleurs Rosa maintenant se tenait tranquille; riche, très riche, vivant dans son hôtel avenue de Villiers ou à sa villa d'Enghien, recevant quelques anciens amis, mais un seul amant, toujours le même, son musicien.

« De Potter? » demanda Jean... « je le croyais marié.

— Oui... marié, des enfants, il paraît même que sa femme est jolie... ça ne l'a pas empêché de revenir à l'ancienne... et si tu voyais comme elle lui parle, comme elle le traite... Ah ! il est bien mordu, celui-là... » Elle lui serrait la main avec un tendre reproche. La dame à ce moment interrompit sa lecture et s'adressa à son sac qui sautait au bout de la cordelière :

« Mais reste donc tranquille, voyons !... » Puis à la gérante sur un ton de commande-

ment : « Donne-moi vite un bout de sucre pour Bichtio. »

Fanny se leva, apporta le sucre qu'elle approchait de l'ouverture du ridicule avec mille flatteries, des mots enfantins... « Regarde la jolie bête... » dit-elle à son amant, en lui montrant, tout entouré de ouate, une sorte de gros lézard difforme et grenu, crêté, dentelé, la tête en capuchon sur une chair grelottante et gélatineuse; un caméléon envoyé d'Algérie à Rosa, qui le préservait de l'hiver parisien à force de soins et de chaleur. Elle l'adorait comme jamais elle n'avait aimé aucun homme; et Jean démêlait bien aux mamours flagorneurs de Fanny la place que l'horrible bête tenait dans la maison.

La dame ferma le livre, prête à partir. « Pas trop mal pour une seconde quinzaine... Seulement veille à la bougie. »

Elle jeta son regard de patronne autour du petit salon, tenu, rangé, au meuble de velours frappé, souffla un peu de poussière sur l'yucca du guéridon, constata un accroc dans la guipure des croisées; après quoi, elle dit aux jeunes gens avec un œil entendu : « Vous savez, mes petits, pas de bêtises... la maison est très convenable... » et rejoignant la voiture qui l'attendait à la porte, elle s'en alla faire son tour de Bois.

« Crois-tu que c'est sciant !... » dit Fanny « Je les ai sur le dos, elle ou sa mère, deux fois la semaine... La mère est encore plus terrible, plus pingre... Il faut que je t'aime, va, pour durer dans cette baraque... Enfin te voilà, je t'ai encore !... J'ai eu peur... » Et elle l'enlaça debout, longuement, lèvres contre lèvres, s'assurant bien au tressaillement du baiser qu'il était encore tout à elle. Mais on allait et venait dans le couloir, il fallait se méfier. Quand on eut apporté la lampe, elle s'assit à sa place habituelle, un petit ouvrage aux doigts; lui, tout près comme en visite...

« Suis-je changée, hein?... Est-ce assez peu moi?... »

Elle souriait en montrant son crochet manié avec une gaucherie de petite fille. Toujours elle avait détesté ces travaux d'aiguille; un livre, son piano, sa cigarette, ou les manches retroussées pour la confection d'un petit plat, elle ne s'occupait jamais autrement. Mais ici, que faire? Le piano du salon, elle ne pouvait y songer de tout le jour, obligée de se tenir au bureau... Des romans? Elle savait bien d'autres histoires que celles qu'ils racontaient. A défaut de la cigarette prohibée, elle avait pris cette dentelle qui lui occupait les doigts et la laissait libre de penser, comprenant à cette heure le goût des femmes pour ces menus travaux qu'elle méprisait jadis.

Et tandis qu'elle rattrapait son fil avec des maladresses encore, une attention d'inexpérience, Jean la regardait, toute reposée dans sa robe simple, son petit col droit, les cheveux bien à plat sur la rondeur antique de sa tête, et l'air si honnête, si raisonnable. Dehors, dans un décor luxueux, roulait continuellement le train des filles à la mode, haut perchées sur leurs phaétons, redescendant vers le Paris bruyant des boulevards; et Fanny ne semblait pas avoir un regret pour ce vice étalé et triomphant, dont elle aurait pu prendre sa part, qu'elle avait dédaigné pour lui. Pourvu qu'il consentît à la voir de temps en temps, elle acceptait très bien sa vie de servitude, y trouvait même des côtés amusants.

Tous les pensionnaires l'adoraient. Les femmes, étrangères, sans aucun goût, la consultaient pour leurs achats de toilette; elle donnait des leçons de chant le matin à l'aînée des petites Péruviennes, et pour le livre à lire, la pièce à voir, elle conseillait ces messieurs qui la traitaient avec toutes sortes d'égards, de prévenances, un surtout, le Hollandais du second. « Il s'assied là où tu es, reste en contemplation jusqu'à ce que je lui dise : « Kuyper, vous m'ennuyez. » Alors il répond : *« pien »* et il s'en va... C'est lui qui m'a donné cette petite broche en corail... Tu sais, ça vaut cent sous; je l'ai acceptée pour avoir la paix. »

Un garçon entrait, apportait un plateau chargé qu'il posait sur un bout du guéridon en reculant un peu la plante verte. « C'est là que je mange toute seule, une heure avant la table d'hôte. » Elle indiqua deux plats du menu assez long et copieux. La gérante n'avait droit qu'à deux plats et au potage. « Faut-il qu'elle soit chienne, cette Rosario!... Du reste, j'aime mieux manger là; je n'ai pas besoin de parler et je relis tes lettres qui me tiennent compagnie. »

Elle s'interrompit encore pour atteindre une nappe, des serviettes; à tout moment on la dérangeait : un ordre à donner, une armoire à ouvrir, une réclamation à satisfaire. Jean comprit qu'il la gênerait en res-

tant davantage; puis on installait son dîner, et c'était si piètre, cette petite soupière d'une portion qui fumait sur la table, leur donnant à tous deux la même pensée, le même regret de leurs anciens tête-à-tête !

« A dimanche... à dimanche... » murmura-t-elle tout bas, en le renvoyant. Et comme ils ne pouvaient s'embrasser à cause du service, des pensionnaires qui des-

cendaient, elle lui avait pris la main, l'appuyait contre son cœur longuement pour y faire entrer la caresse.

Tout le soir, la nuit, il pensa à elle, souffrant de sa servitude humiliée devant cette gueuse et son gros lézard; puis le Hollandais le troublait aussi, et jusqu'au dimanche il ne vécut pas. En réalité cette demi-rupture qui devait préparer sans secousse la fin de leur liaison fut pour celle-ci le coup de serpe de l'émondeur dont se ravive l'arbre fatigué. Ils s'écrivirent, presque chaque jour, de ces billets de tendresse comme

en griffonne l'impatience des amoureux ;
ou bien c'était, au sortir du ministère, une
causerie douce dans le bureau pendant
l'heure du travail à l'aiguille.

Elle avait dit à l'hôtel en parlant de lui :
« Un de mes parents... » et sous le couvert
de cette vague appellation il put venir quelquefois passer la soirée au salon, à mille
lieues de Paris. Il connut la famille péru-

vienne avec ses innombrables demoiselles
fagotées de couleurs criardes, rangées autour du salon, de vrais aras au perchoir ; il
entendit la cithare de Mlle Minna Vogel,
enguirlandée comme une perche à houblon,
et vit son frère, malade, aphone, suivant de
la tête avec passion le rythme de la musique et promenant ses doigts sur une clarinette imaginaire, la seule dont il eût
permission de jouer. Il fit le whist du
Hollandais de Fanny, un gros balourd,
chauve, d'aspect sordide, qui avait navi-
gué par tous les océans du monde, et
quand on lui demandait quelques renseignements sur l'Australie où il venait de
passer des mois, répondait avec un roulement d'yeux : « Devinez combien les pommes de terre à Melbourne?... » n'ayant
été frappé que de ce fait unique, la cherté
des pommes de terre dans tous les pays où
il allait.

Fanny était l'âme de ces réunions, causait, chantait, jouait la Parisienne infor-
mée et mondaine ; et ce qu'il restait dans
ses façons de la bohème ou de l'atelier
échappait à ces exotiques, ou leur semblait le suprême genre. Elle les éblouissait
de ses relations avec les personnalités fa-
meuses des arts ou de la littérature, donnait à la dame russe, qui raffolait des
œuvres de Déjoie, des renseignements sur
la façon d'écrire du romancier, le nom-
bre de tasses de café qu'il absorbait en une
nuit, le chiffre exact et dérisoire dont les
éditeurs de *Cendrinette* avaient payé le
chef-d'œuvre qui faisait leur fortune. Et
les succès de sa maîtresse rendaient Gaussin si fier qu'il oubliait d'être jaloux, aurait
volontiers certifié sa parole, si quelqu'un
l'eût mise en doute.

Pendant qu'il l'admirait dans ce paisible salon éclairé de lampes à abat-jour,
servant le thé, accompagnant les mélodies
des jeunes filles, leur donnant des conseils
de grande sœur, il y avait pour lui un
montant singulier à se la figurer tout
autre, quand elle arrivait chez lui le dimanche matin, trempée, grelottante, et que
sans même s'approcher du feu qui flam-
bait en son honneur, elle se déshabillait à
la hâte, et se glissait dans le grand lit,
contre l'amant. Alors quelles étreintes,
quelles caresses longues où se vengeaient
les contraintes de toute la semaine, cette
privation l'un de l'autre qui gardait le
désir vivifiant à leur amour.

Les heures passaient, s'embrouillaient ;
on ne bougeait plus du lit jusqu'au soir.
Rien ne les tentait que là ; nul plaisir,
personne à voir, pas même les Hettéma
qui, par économie, s'étaient décidés à vivre
à la campagne. Le petit déjeuner préparé,
à côté d'eux, ils entendaient, anéantis, la
rumeur du dimanche parisien pataugeant
dans la rue, le sifflet des trains, le roulement des fiacres chargés ; et la pluie en
larges gouttes sur le zinc du balcon, avec
les battements précipités de leurs poitrines,

rythmaient cette absence de la vie, sans notion de l'heure, jusqu'au crépuscule.

Le gaz, qu'on allumait en face, glissait alors un pâle rayon sur la tenture; il fallait se lever, Fanny devant être rentrée à sept heures. Dans le demi-jour de la chambre, tous ses ennuis, tous ses écœurements lui revenaient plus lourds, plus cruels, en remettant ses bottines encore humides de la course à pied, ses jupons, sa robe de la gérance, l'uniforme noir des femmes pauvres.

Et ce qui gonflait son chagrin c'étaient ces choses aimées autour d'elle, les meubles, le petit cabinet de toilette des beaux jours... Elle s'arrachait : « Allons !... » et pour rester plus longtemps ensemble, Jean la reconduisait; ils remontaient serrés et lents l'avenue des Champs-Élysées dont la double rangée de lampadaires, avec l'Arc de Triomphe en haut, écarté d'ombre, et deux ou trois étoiles piquant un bout de ciel, figuraient un fond de diorama. Au coin de la rue Pergolèse, tout près de la pension, elle relevait sa voilette pour un dernier baiser, et le laissait désorienté, dégoûté de son intérieur où il rentrait le plus tard possible, maudissant la misère, en voulant presque à ceux de Castelet du sacrifice qu'il s'imposait pour eux.

Ils traînèrent deux ou trois mois cette existence devenue vers la fin absolument insupportable, Jean ayant été obligé de restreindre ses visites à l'hôtel à cause d'un bavardage de domestique, et Fanny de plus en plus exaspérée par l'avarice de la mère et de la fille Sanchès. Elle pensait silencieusement à reprendre leur petit ménage et sentait son amant à bout de forces lui aussi, mais elle eût voulu qu'il parlât le premier.

Un dimanche d'avril, Fanny arriva plus parée que d'ordinaire, en chapeau rond, en robe de printemps bien simple, — on n'était pas riche, — mais tendue aux grâces de son corps.

« Lève-toi vite, nous allons déjeuner à la campagne...

— A la campagne !...

— Oui, à Enghien, chez Rosa... Elle nous invite tous les deux... » Il dit non d'abord, mais elle insista. Jamais Rosa ne pardonnerait un refus. « Tu peux bien consentir pour moi... J'en fais assez, il me semble. »

C'était au bord du lac d'Enghien, devant une immense pelouse descendant jusqu'à un petit port où se balançaient quelques yoles et gondoles, un grand chalet, merveilleusement orné et meublé, et dont les plafonds, les panneaux en miroirs reflétaient l'étincellement de l'eau, les superbes charmilles d'un parc déjà frissonnant de verdures hâtives et de lilas en fleurs. Les livrées correctes, les allées où ne traînait pas une brindille, faisaient honneur à la double surveillance de Rosario et de la vieille Pilar.

On était à table quand ils arrivèrent, une fausse indication les ayant égarés autour du lac, par des ruelles entre de grands murs de jardins. Jean acheva de se décontenancer, au froid accueil de la maîtresse de la maison, furieuse qu'on l'eût fait attendre, et à l'aspect extraordinaire des vieilles parques auxquelles Rosa le présentait de sa voix de charretier. Trois « élégantes », comme se désignent entre elles les grandes cocottes, trois antiques roulures comptant parmi les gloires du second empire, aux noms aussi fameux que celui d'un grand poète ou d'un général à victoires, Wilkie Cob, Sombreuse, Clara Desfous.

Élégantes, certes elles l'étaient toujours, attifées à la mode nouvelle, aux couleurs du printemps, délicieusement chiffonnées de la collerette aux bottines; mais si fanées, fardées, retapées ! Sombreuse, sans cils, les yeux morts, la lèvre détendue, tâtonnant autour de son assiette, de sa fourchette, de son verre; la Desfous énorme, couperosée, une boule d'eau chaude aux pieds, étalant sur la nappe ses pauvres doigts goutteux et tordus, aux bagues étincelantes, aussi difficiles, compliquées à entrer et à sortir que les anneaux d'une question romaine. Et Cob toute mince, avec une taille jeunette qui faisait plus hideuse sa tête décharnée de clown malade sous une crinière d'étoupes jaunes. Celle-là, ruinée, saisie, était allée tenter un dernier coup à Monte-Carlo et en revenait sans un sou, enragée d'amour pour un beau croupier qui n'avait pas voulu d'elle; Rosa, l'ayant recueillie, la nourrissait, s'en faisait gloire.

Toutes ces femmes connaissaient Fanny, la saluaient d'un bonjour protecteur : « Comment va, petite? » Le fait est qu'avec sa robe à trois francs le mètre, sans un bijou que la broche rouge de Kuyper, elle avait l'air d'une recrue parmi ces épouvantables chevronnées de la galanterie, que ce cadre de luxe, toute la lumière reflétée du lac et du ciel, entrant mêlée d'odeurs printanières par les battants de la salle à manger, faisait plus spectrales encore.

Il y avait aussi la vieille Pilar, « le « *chinge* », comme elle s'appelait elle-même dans son charabia franco-espagnol, vraie macaque à peau déteinte et râpeuse, d'une malice féroce sur des traits grimaçants, coiffée en garçon, les cheveux gris au ras de l'oreille, et sur sa robe de vieux satin noir un grand col bleu de maître-timonier.

« Et puis M. Bichito... » dit Rosa, achevant de présenter ses convives et montrant à Gaussin un tampon d'ouate rose où le caméléon grelottait sur la nappe.

« Eh bien, et moi, on ne me présente pas ? » réclama sur un ton de jovialité forcée un grand garçon à moustaches grisonnantes, de tenue correcte, même un peu raide, dans son veston clair et son col montant.

« C'est vrai... Et Tatave ? » dirent les femmes en riant. La maîtresse de maison lâcha son nom avec négligence.

Tatave, c'était de l'otter, le savant musicien, l'auteur acclamé de *Claudia*, de *Savonarole*; et Jean, qui n'avait fait que l'entrevoir chez Déchelette, s'étonnait de trouver au grand artiste des allures si peu géniales, ce masque en bois dur et régulier, ces yeux déteints scellant une passion folle, incurable, qui depuis des années l'accrochait à cette gueuse, lui faisait quitter femme et enfants, pour rester commensal de cette maison où il engloutissait une partie de sa grande fortune, ses gains de théâtre, et où on le traitait plus mal qu'un domestique. Il fallait voir l'air excédé de Rosa dès qu'il racontait quelque chose, de quel ton méprisant elle lui imposait silence ; et renchérissant sur sa fille, Pilar ne manquait jamais d'ajouter d'un accent convaincu :

« *Foute*-nous la paix, mon garçon. »

Jean l'avait pour voisine, cette Pilar, et ces vieilles babines qui grondaient en mangeant avec un ruminement de bête, ce coup d'œil inquisiteur dans son assiette, mettaient au supplice le jeune homme déjà gêné par le ton de patronne de Rosa, plaisantant Fanny sur les soirées musicales de

l'hôtel et la jobarderie de ces pauvres rastaquouères qui prenaient la gérante pour une femme du monde tombée dans le malheur. L'ancienne dame des chars, bouffie de graisse malsaine, des cabochons de dix mille francs à chaque oreille, semblait envier à son amie le renouveau de jeunesse et de beauté que lui communiquait cet amant jeune et beau; et Fanny ne se fâchait pas, amusait au contraire la table, raillait en rapin les pensionnaires, le Péruvien qui lui avouait, en roulant des yeux blancs, son désir de connaître une *grande coucoute*, et la cour silencieuse, à souffle de phoque, du Hollandais haletant derrière sa chaise : « Tevinez combien les pommes de terre à Batavia ? »

Gaussin ne riait guère, lui; Pilar non plus, occupée à surveiller l'argenterie de sa fille, ou s'élançant d'un geste brusque, visant sur le couvert devant elle ou la manche de son voisin une mouche qu'elle présentait en baraguinant des mots de tendresse, « Mange, mi alma; mange, mi corazon, » à la hideuse petite bête échouée sur la nappe, flétrie, plissée, informe, comme les doigts de la Desfous.

Quelquefois, toutes les mouches en déroute, elle en apercevait une contre le dressoir ou la vitre de la porte, se levait, et la raflait triomphalement. Ce manège souvent répété impatienta sa fille, décidément très nerveuse ce matin-là :

« Ne te lève donc pas à toute minute, c'est fatigant. »

Avec la même voix descendue de deux tons dans le charabia, la mère répondit : « Vous dévorez, *bos otros*... pourquoi tu veux pas qu'il mange, loui?

— Sors de table, ou tiens-toi tranquille... tu nous embêtes... »

La vieille se rebiffa, et toutes deux commencèrent à s'injurier en dévotes espagnoles, mêlant le démon et l'enfer à des invectives de trottoir :

« Hija del demonio.

— Cuerno de Satanas.

— Puta !...

— Mi madre ! »

Jean les regardait épouvanté, tandis que les autres convives, habitués à ces scènes de famille, continuaient de manger tranquillement. De l'otter seul intervint par égard pour l'étranger :

« Ne vous disputez donc pas, voyons... »

Mais Rosa, furieuse, se retourna contre lui : « De quoi te mêles-tu, toi?... en voilà des manières !... Est-ce que je ne suis pas libre de parler ?... Va donc voir un peu chez ta femme, si j y suis !... J'en ai assez de tes yeux de merlan frit, et des trois cheveux qui te restent... Va les porter à ta dinde, il n'est que temps !... » De Potter souriait, un peu pâle :

« Et il faut vivre avec ça !... » murmurait-il dans sa moustache.

« Ça vaut bien ça... hurla-t-elle, tout le corps en avant sur la table. « Et tu sais, la porte est ouverte... file... hop !

— Voyons, Rosa... » supplièrent les pauvres yeux ternes. Et la mère Pilar, se remettant à manger, dit avec un flegme si comique : « Foute-nous la paix, mon garçon !... » que tout le monde éclata de rire, même Rosa, même de Potter qui embrassait sa maîtresse encore toute grondante et, pour achever de gagner sa grâce, attrapait une mouche et la donnait délicatement, par les ailes, à Bichito.

Et c'était de Potter, le compositeur glorieux, la fierté de l'École française ! Comment cette femme le retenait-elle, par quel sortilège, vieillie de vices, grossière, avec cette mère qui doublait son infamie, la montrait telle qu'elle serait vingt ans plus tard, comme vue dans une boule étamée ?...

On servit le café au bord du lac, sous une petite grotte en rocaille, revêtue à l'intérieur de soies claires que moirait le mouvement de l'eau voisine, un de ces délicieux nids à baisers inventés par les contes du dix-huitième siècle, avec une glace au plafond qui reflétait les attitudes des vieilles parques répandues sur le large divan dans une pâmoison digérante, et Rosa, les joues allumées sous le fard, s'étirant les bras à la renverse contre son musicien :

« Oh ! mon Tatave... mon Tatave !... »

Mais cette chaleur de tendresse s'évapora avec celle de la chartreuse, et l'idée d'une promenade en bateau étant venue à l'une de ces dames, elle envoya de Potter préparer le canot.

« Le canot, tu entends, pas la norvégienne.

— Si je disais à Désiré...

— Désiré déjeune.

— C'est que le canot est plein d'eau ; il faut écoper, c'est tout un travail...

— Jean ira avec vous, de Potter... »

dit Fanny qui voyait venir encore une scène.

Assis en face l'un de l'autre, les jambes écartées, chacun sur un banc du bateau, ils l'égouttaient activement, sans se parler, sans se regarder, comme hypnotisés par le rythme de l'eau jaillie des deux écopes. Autour d'eux l'ombre d'un grand catalpa tombait en fraîcheur odorante et se découpait sur le lac resplendissant de lumière.

« Y a-t-il longtemps que vous êtes avec Fanny? » demanda tout à coup le musicien s'arrêtant dans sa besogne.

« Deux ans... » répondit Gaussin un peu surpris.

« Seulement deux ans !... Alors ce que vous voyez aujourd'hui pourra peut-être vous servir. Moi, voilà vingt ans que je vis avec Rosa, vingt ans que, revenant d'Italie après mes trois années de prix de Rome, je suis entré à l'Hippodrome, un soir, et que je l'ai vue debout dans son petit char au tournant de la piste, m'arrivant dessus, le fouet en l'air, avec son casque à huit fers de lance, et sa cotte d'écailles d'or, lui serrant la taille jusqu'à mi-cuisse. Ah ! si l'on m'avait dit... »

Et se remettant à vider le bateau, il racontait comment chez lui on n'avait fait que rire d'abord de cette liaison; puis la chose devenant sérieuse, de combien d'efforts, de prières, de sacrifices, ses parents auraient payé une rupture. Deux ou trois fois la fille était partie à force d'argent, mais lui la rejoignait toujours. « Essayons du voyage... » avait dit la mère. Il voyagea, revint et la reprit. Alors il s'était laissé marier; jolie fille, riche dot, la promesse de l'Institut dans la corbeille de noce... Et trois mois après il lâchait le nouveau ménage pour l'ancien... « Ah ! jeune homme, jeune homme !... »

Il débitait sa vie d'une voix sèche, sans qu'un muscle animât son masque, raide comme le col empesé qui le tenait si droit. Et des barques passaient chargées d'étudiants et de filles, débordantes de chansons, de rires de jeunesse et d'ivresse; combien parmi ces inconscients auraient dû s'arrêter, prendre leur part de l'effroyable leçon !...

Dans le kiosque, pendant ce temps, comme si c'était un mot donné de travailler à leur rupture, les vieilles élégantes

prêchaient la raison à Fanny Legrand...
« Joli, son petit, mais pas le sou... à quoi ça
la mènerait-il ?...

— Enfin, puisque je l'aime !... »

Et Rosa levant les épaules : « Laissez-la
donc... elle va encore rater son Hollandais
comme je l'ai vue rater toutes ses belles
affaires... Après son histoire avec Flamant,
elle avait pourtant essayé de devenir pra-
tique, mais la voilà plus folle que jamais...

— Ay ! vellaca... » grogna maman Pilar.

L'Anglaise à tête de clown intervint
avec l'horrible accent qui si longtemps
avait fait son succès :

« C'était très bien d'aimer l'amour,
petite.. c'était très bonne, l'amour, vous
savez... mais vous devez aimer l'argent
aussi... moi maintenant, si j'étais riche
toujours, est-ce que mon croupier il dirait
que je suis laide, croyez-vous ?... » Elle eut
un bond de fureur, lui haussant la voix
à l'aigu : « Oh ! c'était pourtant terrible,
cette chose... Avoir été célèbre au monde,
universelle, connue comme un monument,
comme un boulevard... si connue que vous
n'avez pas un misérable cocher, quand
vous disez « Wilkie Cob ! » tout de suite il
savait où c'était... Avoir eu des princes
pour mes pieds dessus, et des rois, si je
crachais, ils disaient c'était joli, le crache-
ment !... Et voilà maintenant ce sale
voyou qui voulait pas de moi sur cette
motive de ma laideur ; et je avais pas de
quoi seulement me le payer pour une
nuit. »

Et se montant à cette idée qu'on avait
pu la trouver laide, elle ouvrit sa robe brusquement :

« Le figure, yes, je sacrifiais ; mais ça, le
gorge, les épaules... Est-ce blanc ? Est-ce
dur ?... »

Elle étalait avec impudeur sa chair de
sorcière, restée miraculeusement jeune
après trente ans de fournaise, et que la tête
surmontait, flétrie et macabre depuis la
ligne du cou.

« Mesdames, le bateau est prêt !... » cria
de Potter ; et l'Anglaise, agrafant sa robe
sur ce qui lui restait de jeunesse, murmura
dans un navrement comique :

« Jé pouvais pourtant pas aller toute
nioue sur les places !... »

Dans ce décor de Lancret, où la blancheur coquette des villas éclatait parmi la
verdure nouvelle, avec ces terrasses, ces
pelouses encadrant le petit lac tout écaillé
de soleil, quel embarquement que celui de
toute cette vieille Cythère éclopée ; l'aveugle Sombreuse et le vieux clown et Desfous
la paralytique, laissant dans le sillon de
l'eau le parfum musqué de leur maquillage !

Jean tenait les rames, le dos courbé, honteux et désolé qu'on pût le voir et lui attri-
buer quelque basse fonction dans cette
sinistre barque allégorique. Heureusement
qu'il avait en face de lui, pour rafraichir
son cœur et ses yeux, Fanny Legrand
assise à l'arrière, près de la barre que tenait
de Potter, Fanny dont le sourire ne lui
avait jamais paru si jeune, sans doute par
comparaison.

« Chante-nous quelque chose, petite... »
demanda la Desfous que le printemps
amollissait. De sa voix expressive et profonde, Fanny commençait la barcarolle de
Claudia que le musicien, remué par ce rappel de son premier grand succès, suivait en
imitant à bouche fermée le dessin de l'orchestre, cette ondulation qui fait courir sur
la mélodie comme une lumière d'eau dan-
sante. A cette heure, dans ce décor, c'était
délicieux. D'une terrasse voisine on cria
bravo ; et le Provençal, ramenant en
mesure les avirons, avait soif de cette
musique divine aux lèvres de sa maitresse,
une tentation de mettre sa bouche à même
la source, et de boire dans le soleil, la tête
renversée, toujours.

Tout à coup Rosa, furieuse, interrompit
la cantilène dont le mariage de voix l'irritait : « Hé là-bas, la musique, quand vous
aurez fini de vous roucouler dans la figure...
Si vous croyez qu'elle nous amuse votre
romance d'enterre-morts... En voilà assez...
d'abord il est tard, il faut que Fanny rentre
à la boîte... »

Et d'un geste furibond montrant le plus
prochain débarcadère :

« Aborde là... » dit-elle à son amant, « ils
seront plus près de la gare... »

C'était brutal comme congé ; mais l'ancienne dame des chars avait habitué son
monde à ces façons de faire, et personne
n'osa protester. Le couple jeté au rivage
avec quelques mots de froide politesse au
jeune homme, des ordres à Fanny d'une
voix sifflante, la barque s'éloigna chargée

Ils s'assirent, très émus, tous deux, et les bras noués. (Page 6;.)

de cris, d'un train de dispute que termina
un insultant éclat de rire apporté aux deux
amants par la sonorité de l'eau.

« Tu entends, tu entends, » disait Fanny
blême de rage, « c'est de nous qu'elle se
moque... »

Et toutes ses humiliations, toutes ses
rancœurs lui remontant à cette dernière
injure, elle les énumérait en regagnant la
gare, avouait même des choses qu'elle
avait toujours cachées. Rosa ne cherchait
qu'à l'éloigner de lui, qu'à faciliter des
occasions de le tromper. « Tout ce qu'elle
m'a dit pour me faire prendre ce Hollandais... Encore tout à l'heure elles s'y sont
mises toutes... Je t'aime trop, tu comprends, ça la gêne pour ses vices, car elle
les a tous, les plus bas, les plus monstrueux.
Et c'est parce que je ne veux plus... »

Elle s'arrêta, le vit très pâle, les lèvres
tremblantes, comme le soir où il remuait le
fumier aux lettres.

« Oh ! ne crains rien, » dit-elle... « ton
amour m'a guérie de toutes ces horreurs...
Elle et son caméléon qui empeste, ils me
dégoûtent tous les deux.

— Je ne veux plus que tu restes là, » fit
l'amant affolé de jalousies malsaines... « Il
y a trop de saletés dans le pain que tu
gagnes ; tu vas revenir avec moi, nous nous
en tirerons toujours. »

Elle l'attendait, ce cri, l'appelait depuis
longtemps. Cependant elle résista, objec-
tant qu'en ménage, avec les trois cents
francs du ministère, la vie serait bien difficile, qu'il faudrait peut-être se séparer
encore... « Et j'ai tant souffert en quittant
notre pauvre maison !... »

Des bancs s'espaçaient sous les acacias
qui bordent la route avec les fils du télé-
graphe chargés d'hirondelles ; pour mieux
causer, ils s'assirent, très émus tous deux
et les bras noués.

« Trois cents francs par mois, » disait
Jean, « mais comment font les Hettéma
qui n'en ont que deux cent cinquante ?...

— Ils vivent à la campagne, à Chaville
toute l'année.

— Eh bien, faisons comme eux, je ne
tiens pas à Paris.

— Vrai ?... tu veux bien ?... ah ! m'ami,
m'ami !... »

Du monde passait sur la route, une galo-
pade d'ânes emportant un lendemain de
noces. Ils ne pouvaient pas s'embrasser, et
restaient immobiles, serrés l'un contre
l'autre, rêvant d'un bonheur rajeuni dans
des soirs d'été qui auraient cette douceur
champêtre, ce calme tiède qu'égayaient au
loin les coups de carabine, les ritournelles
d'orgue d'une fête de banlieue.

VIII

Ils s'installèrent à Chaville, entre le
haut et le bas pays, le long de cette vieille
route forestière qu'on appelle le Pavé des
Gardes, dans un ancien rendez-vous de
chasse, à la porte du bois : trois pièces
guère plus grandes que celles de Paris,
toujours leur mobilier de petit ménage, le
fauteuil canné, l'armoire peinte, et pour
orner l'affreux papier vert de leur chambre, rien que le portrait de Fanny, car la
photographie de Castelet avait eu son
cadre cassé pendant le déménagement et
se pâlissait dans les combles.

On n'en parlait plus guère de ce pauvre
Castelet, depuis que l'oncle et la nièce
avaient interrompu leur correspondance.
« Un joli lâcheur... » disait-elle, se rappelant la facilité du Fénat à protéger la première rupture. Les petites, seules, entrete-
naient leur frère de nouvelles, mais Divonne n'écrivait plus. Peut-être gardait-
elle encore rancune à son neveu ; ou devi-
nait-elle que la mauvaise femme était
revenue pour décacheter et commenter ses
pauvres lettres maternelles à gros caractères paysans.

Par moments, ils auraient pu se croire
encore rue d'Amsterdam, quand ils se
réveillaient avec la romance des Hettéma
redevenus leurs voisins et le sifflement des
trains qui se croisaient continuellement de
l'autre côté du chemin, visibles à travers
les branches d'un grand parc. Mais, au
lieu du vitrage blafard de la gare de
l'Ouest, de ses fenêtres sans rideaux montrant des silhouettes penchées de bureau-
crates, et du fracas ronflant sur la rue en
pente, ils savouraient l'espace silencieux et
vert au delà de leur petit verger entouré
d'autres jardins, de maisonnettes dans des
bouquets d'arbres, dégringolant jusqu'au
bas de la côte.

Le matin, avant de partir, Jean déjeunait dans leur petite salle à manger, la croisée ouverte sur cette large route pavée, mangée d'herbe, bordée de haies d'épines blanches aux parfums amers. C'est par là qu'il allait à la gare en dix minutes, longeant le parc bruissant et gazouillant; et, quand il revenait, cette rumeur s'apaisait à mesure que l'ombre sortait des taillis sur la mousse du chemin vert empourpré de couchant, et que les appels des coucous à tous les coins du bois traversaient des trilles de rossignols dans les lierres.

Mais voici que la première installation faite et la surprise passée de cet apaisement des choses autour de lui, l'amant se reprenait à ses tourments de jalousie stérile et explorante. La brouille de sa maîtresse avec Rosa, le départ de l'hôtel avaient amené entre les deux femmes une explication à double entente monstrueuse, ravivant ses soupçons, ses plus troublantes inquiétudes; et lorsqu'il s'en allait, qu'il apercevait du wagon leur maison basse, en rez-de-chaussée surmonté d'une lucarne ronde, son regard fouillait la muraille. Il se disait : « Qui sait? » et cela le poursuivait jusque dans les paperasses de son bureau.

Au retour, il lui faisait rendre compte de sa journée, de ses moindres actes, de ses préoccupations, le plus souvent indifférentes, qu'il surprenait d'un « A quoi penses-tu?... tout de suite... » craignant toujours qu'elle regrettât quelque chose ou quelqu'un de cet horrible passé, confessé par elle chaque fois avec la même indéconcertable franchise.

Au moins lorsqu'ils ne se voyaient que le dimanche, avides l'un de l'autre, il ne prenait pas le temps de ces perquisitions morales, outrageantes et minutieuses. Mais rapprochés, avec la continuité de la vie à deux, ils se torturaient jusque dans leurs caresses, dans leurs plus intimes étreintes, agités de la sourde colère, du douloureux sentiment de l'irréparable; lui, s'épuisant à vouloir procurer à cette blasée d'amour une commotion qu'elle ignorât encore, elle prête au martyre pour donner une joie qui n'eût pas été à dix autres, n'y parvenant pas et pleurant de rage impuissante.

Puis une détente se fit en eux; peut-être la satiété des sens dans le tiède enveloppement de la nature, ou plus simplement le voisinage des Hettéma. C'est que, de tous les ménages campés sur la banlieue pari-sienne, pas un peut-être ne goûta jamais comme celui-là les libertés campagnardes, la joie de s'en aller vêtus de loques, coiffés de chapeaux d'écorce, madame sans corset, monsieur dans des espadrilles; de porter en sortant de table des croûtes aux canards, des épluchures aux lapins, puis sarcler, ratisser, greffer, arroser.

Oh! l'arrosage...

Les Hettéma s'y mettaient sitôt que le mari rentré échangeait son costume de bureau contre une veste de Robinson; après dîner, ils s'y reprenaient encore, et la nuit venue depuis longtemps, dans le noir du petit jardin d'où montait une buée fraîche de terre mouillée, on entendait le grincement de la pompe, les heurts des grands arrosoirs, et d'énormes souffles errant à toutes les plates-bandes avec un ruissellement qui semblait tomber du front des travailleurs dans leurs pommes d'arrosage, puis de temps en temps un cri de triomphe :

« J'en ai mis trente-deux aux pois gourmands !...

— Et moi quatorze aux balsamines !... »

Des gens qui ne se contentaient pas d'être heureux, mais se regardaient l'être, dégustaient leur bonheur à vous en faire venir l'eau à la bouche; l'homme surtout, par la façon irrésistible dont il racontait les joies de l'hivernage à deux :

« Ce n'est rien maintenant, mais vous verrez, en décembre !... On rentre crotté, mouillé, avec tous les embêtements de Paris sur le dos; on trouve bon feu, bonne lampe, la soupe qui embaume et, sous la table, une paire de sabots remplis de paille. Non, voyez-vous, quand on s'est fourré une platée de choux et de saucisses, un quartier de gruyère tenu au frais sous le linge, quand on a versé là-dessus un litre de ginglard qui n'a pas passé par Bercy, libre de baptême et d'entrée, ce que c'est bon de tirer son fauteuil au coin du feu, d'allumer une pipe, en buvant son café arrosé d'un caramel à l'eau-de-vie, et de piquer un chien en face l'un de l'autre, pendant que le verglas dégouline sur les vitres... Oh! un tout petit chien, le temps de laisser passer le gros de la digestion... Après on dessine un moment, la femme dessert, fait son petit train-train, la couverture, le moine, et quand elle est couchée, la place chaude, on tombe dans le tas, et ça vous fait par tout le corps une chaleur comme si l'on entrait tout entier dans la paille de ses sabots... »

Il en devenait presque éloquent de matérialité, ce géant velu, à lourde mâchoire, si timide à l'ordinaire qu'il ne pouvait pas dire deux mots sans rougir et sans bégayer.

Cette timidité folle, d'un contraste comique avec cette barbe noire et cette envergure de colosse, avait fait son mariage et la tranquillité de sa vie. A vingt-cinq ans, débordant de vigueur et de santé, Hettéma ignorait l'amour et la femme, quand un jour, à Nevers, après un repas de corps, des camarades l'entraînèrent à moitié gris dans une maison de filles et l'obligèrent à faire son choix. Il sortit de là bouleversé, revint, choisit la même, toujours, paya ses dettes, l'emmena, et s'effrayant à l'idée qu'on pourrait la lui prendre, qu'il faudrait recommencer une nouvelle conquête, il finit par l'épouser.

« Un ménage légitime, mon cher... » disait Fanny dans un rire de triomphe à Jean qui l'écoutait terrifié... « Et, de tous ceux que j'ai connus, c'est encore le plus propre, le plus honnête. »

Elle l'affirmait dans la sincérité de son ignorance, les ménages légitimes où elle avait pu pénétrer ne méritant sans doute pas d'autre jugement ; et toutes ses notions de la vie étaient aussi fausses et sincères que celle-là.

D'un calmant voisinage ces Hettéma, l'humeur toujours égale, capables même de services pas trop dérangeants, ayant surtout l'horreur des scènes, des querelles où il faut prendre parti, et en général de tout ce qui peut troubler une heureuse digestion. La femme essayait d'initier Fanny à l'élevage des poules et des lapins, aux joies salubres de l'arrosage, mais inutilement.

La maîtresse de Gaussin, faubourienne passée par les ateliers, n'aimait la campagne qu'en échappées, en parties, comme un endroit où l'on peut crier, se rouler, se perdre avec son amant. Elle détestait l'effort, le travail ; et ses six mois de gérance ayant épuisé pour longtemps ses facultés actives, elle s'amollissait dans une torpeur vague, une griserie de bien-être et de plein air qui lui ôtait presque la force de s'habiller, de se coiffer, ou même d'ouvrir son piano.

Le soin de leur intérieur laissé tout entier à une ménagère du pays, quand, le soir venu, elle résumait sa journée pour la ra-

conter à Jean, elle ne trouvait rien qu'une visite à Olympe, des potins par-dessus la clôture, et des cigarettes, des tas de cigarettes dont les débris salissaient le marbre devant la cheminée. Déjà six heures !... A peine le temps de passer une robe, de piquer une fleur à son corsage pour aller au-devant de lui par le chemin vert...

Mais avec les brouillards, les pluies d'automne, la nuit qui tombait de bonne heure, elle eut plus d'un prétexte pour ne pas sortir ; et souvent il la surprenait au retour dans une de ces gandouras de laine blanche à grands plis qu'elle mettait le matin, les cheveux relevés comme quand il était parti. Il la trouvait charmante ainsi, la nuque restée jeune, sa chair tentante et soignée qu'il sentait toute prête, sans entraves. Pourtant cet aveulissement le choquait, l'effrayait comme un danger.

Lui-même, après un grand effort de travail pour augmenter un peu leurs ressources sans recourir à Castelet, des veillées passées sur des plans, des reproductions de pièces d'artillerie, de caissons, de fusils nouveau modèle qu'il dessinait au compte d'Hettéma, se sentit envahi tout à coup par cette influence dissolvante de la campagne et de la solitude à laquelle se laissent prendre les plus forts, les plus actifs, et dont sa première enfance dans un coin perdu de nature avait mis en lui le germe engourdissant.

Et la matérialité de leurs gros voisins aidant, se communiquant à eux dans de perpétuelles allées et venues d'une maison à l'autre, avec un peu de leur abaissement moral et de leur appétit monstrueux, Gaussin et sa maîtresse en vinrent eux aussi à discuter gravement la question des repas et l'heure du coucher. Césaire ayant envoyé une pièce de son vin de grenouille, ils passèrent tout un dimanche à le mettre en bouteilles, la porte de leur petit caveau ouverte sur le dernier soleil de l'année, un ciel bleu où couraient des nuées roses, d'un rose de bruyère des bois. L'heure n'était pas loin des sabots remplis de paille chaude, ni du petit somme à deux, de chaque côté d'un feu de souches. Heureusement il leur arriva une distraction.

Il la trouva un soir très émue. Olympe venait de lui raconter l'histoire d'un pauvre petit enfant, élevé au Morvan par une grand'mère. Le père et la mère à Paris, marchands de bois, n'écrivaient plus, ne

payaient plus depuis des mois. La grand'-
mère morte subitement, des mariniers
avaient ramené le mioche par le canal de
l'Yonne pour le remettre à ses parents;
mais, plus personne. Le chantier fermé, la
mère partie avec un amant, le père ivrogne,
failli, disparu... Ils vont bien les ménages
légitimes !... Et voilà le pauvre petit, six
ans, un amour, sans pain ni vêtements, à
la rue.

Elle s'émouvait jusqu'aux larmes, puis
tout à coup :

« Si nous le prenions... veux-tu?

— Quelle folie !

— Pourquoi?... » Et, de bien près, le
câlinant : « Tu sais comme j'ai désiré un
enfant de toi; on élèverait celui-là, on
l'instruirait. Ces petits qu'on ramasse, au
bout d'un temps on les aime comme s'ils
étaient à vous... »

Elle invoquait aussi la distraction que ce
serait pour elle, seule tout le jour à s'abêtir
en remuant des tas de vilaines idées. Un enfant, c'est une sauvegarde. Puis, le voyant
effrayé de la dépense : « Mais ce n'est rien,
la dépense... Songe donc, à six ans !... on
l'habillera avec tes vieux effets... Olympe,
qui s'y entend, m'assurait que nous ne
nous en apercevrions même pas.

— Que ne le prend-elle alors ! » dit Jean
avec la mauvaise humeur de l'homme qui
se sent vaincu par sa propre faiblesse. Il
essaya pourtant de résister, à l'aide de l'argument décisif : « Et quand je ne serai plus
là?... » Il en parlait rarement de ce départ
pour ne pas attrister Fanny, mais y pensait, s'en rassurait contre les dangers du
ménage et les tristes confidences de de Potter. « Quelle complication que cet enfant,
quelle charge pour toi dans l'avenir !... »

Les yeux de Fanny se voilèrent :

« Tu te trompes, m'ami, ce serait quelqu'un à qui parler de toi, une consolation,
une responsabilité aussi qui me donnerait la
force de travailler, de reprendre goût à
l'existence... »

Il réfléchit une minute, la vit toute seule,
dans la maison vide :

« Où est-il, ce petit?

— Au Bas-Meudon, chez un marinier qui
l'a recueilli pour quelques jours... Après,
c'est l'hospice, l'Assistance.

— Eh bien, va le chercher, puisque tu
y tiens... »

Elle lui sauta au cou, et d'une joie d'enfant tout le soir, fit de la musique, chanta,

heureuse, exubérante, transfigurée. Le lendemain, en wagon, Jean parla de leur décision au gros Hettéma qui paraissait instruit
de l'affaire, mais désireux de ne pas s'en
mêler. Enfoncé dans son coin et dans la lecture du *Petit Journal*, il bégayait du fond
de sa barbe :

« Oui, je sais... ce sont ces dames...
ça ne me regarde pas... » Et montrant sa
tête au-dessus de la feuille dépliée : « Votre
femme me paraît très romanesque », dit-il.

Romanesque ou non, elle était le soir
consternée, à genoux, une assiette de soupe
à la main, essayant d'apprivoiser le petit
gars morvandiau, qui, debout, dans une
pose de recul, la tête basse, une tête
énorme aux cheveux de chanvre, refusait
énergiquement de parler, de manger, même
de montrer sa figure, et répétait d'une
forte voix étranglée et monotone :

« Voir Ménine, voir Ménine.

— Ménine, c'est sa grand'mère, je pense...
Depuis deux heures, je n'ai pas pu en tirer
autre chose. »

Jean s'y mit aussi à vouloir lui faire ava-
ler sa soupe, mais sans succès. Et ils restaient là, agenouillés tous deux à sa hauteur, tenant l'un l'assiette, l'autre la cuiller, comme devant un agneau malade,
à répéter des encouragements, des mots de
tendresse pour le décider.

« Mettons-nous à table, peut-être nous
l'intimidons; il mangera si nous ne le regar-
dons plus... »

Mais il continua à se tenir immobile,
ahuri, répétant sa plainte de petit sauvage, « Voir Ménine », qui leur déchirait le
cœur, jusqu'à ce qu'il se fût endormi,
debout contre le buffet, et si profondément
qu'ils purent le déshabiller, le coucher dans
la lourde *berce* campagnarde empruntée
à un voisin, sans qu'il ouvrît l'œil une
seconde.

« Vois comme il est beau... » disait Fanny
très fière de son acquisition; et elle forçait
Gaussin à admirer ce front têtu, ces traits
fins et délicats sous leur hâle paysan, cette
perfection de petit corps aux reins râblés,
aux bras pleins, aux jambes de petit faune,
longues et nerveuses, déjà duvetées dans le
bas. Elle s'oubliait à contempler cette
beauté d'enfant.

« Couvre-le donc, il va avoir froid... » dit
Jean dont la voix la fit tressaillir, comme
tirée d'un rêve; et tandis qu'elle le bordait
tendrement, le petit avait de longs soupirs

— Vois comme il est beau. (Page 68.)

sanglotés, une houle de désespoir malgré le sommeil.

La nuit, il se mit à parler tout seul :

« Guerlaude mé... Ménine...

— Qu'est-ce qu'il dit?... écoute... »

Il voulait être *guerlaudé;* mais que signifiait ce mot patois? Jean, à tout hasard, allongea le bras et se mit à remuer la lourde couchette; à mesure l'enfant se calmait, et il se rendormit en tenant dans sa grosse petite main rugueuse la main qu'il croyait être celle de sa « ménine », morte depuis quinze jours.

Ce fut comme un chat sauvage dans la maison, qui griffait, mordait, mangeait à part des autres, avec des grondements quand on s'approchait de son écuelle; les quelques mots qu'on en tirait étaient d'un langage barbare de bûcherons morvandiaux, que jamais sans les Hettéma, du même pays que lui, personne n'aurait pu comprendre. Pourtant à force de bons soins, de douceur, on parvint à l'apprivoiser un peu, « un pso », comme il disait. Il consentit à changer les guenilles dans lesquelles on l'avait amené contre les vêtements chauds et propres dont l'approche, les premiers jours, le faisait « querrier » de fureur, en vrai chacal qu'on voudrait affubler d'un manteau de levrette. Il apprit à manger à table, l'usage de la fourchette et de la cuiller, et à répondre, quand on lui demandait son nom, qu'au pays « i li dision Josaph ».

Quant à lui donner les moindres notions élémentaires, il n'y fallait pas songer encore. Élevé en plein bois, sous une hutte de charbonnage, la rumeur d'une nature bruissante et fourmillante hantait sa caboche dure de petit sylvain, comme le bruit de la mer la spirale d'un coquillage; et nul moyen d'y faire entrer autre chose, ni de le garder à la maison, même par les temps les plus durs. Dans la pluie, la neige, quand les arbres dénudés se dressaient en coraux de givre, il s'échappait, battait les buissons, fouillait les terriers avec d'adroites cruautés de furet chasseur, et lorsqu'il rentrait, rabattu par la faim, il y avait toujours dans sa veste de futaine mise en loques, dans la poche de sa petite culotte crottée jusqu'au ventre, quelque bête engourdie ou morte, oiseau, taupe, mulot, ou, à défaut, des betteraves, des pommes de terre arrachées dans les champs.

Rien ne pouvait vaincre ces instincts braconniers et chapardeurs, compliqués d'une manie paysanne d'enfouir toutes sortes de menus objets luisants, boutons de cuivre, perles de jais, papier de plomb du chocolat, que Josaph ramassait en fermant la main, emportait vers des cachettes de pie voleuse. Tout ce butin prenait pour lui un nom vague et générique, la denrée, qu'il prononçait *denraie;* et ni raisonnements, ni taloches n'auraient pu l'empêcher de faire sa *denraie* aux dépens de tout et de tous.

Les Hettéma seuls y mettaient bon ordre, le dessinateur gardant à portée de sa main, sur sa table autour de laquelle rôdait le petit sauvage attiré par les compas, les crayons de couleur, un fouet à chien qu'il lui faisait claquer aux jambes. Mais ni Jean ni Fanny n'eussent usé de menaces pareilles, quoique le petit se montrât, vis-à-vis d'eux, sournois, méfiant, inapprivoisable même aux gâteries tendres, comme si la *ménine*, en mourant, l'eût privé de toute expansion affective. Fany, « parce qu'elle puait bon », parvenait encore à le garder un moment sur ses genoux, tandis que pour Gaussin, cependant très doux avec lui, c'était toujours la bête fauve de l'arrivée, le regard méfiant, les griffes tendues.

Cette répulsion invincible et presque instinctive de l'enfant, la malice curieuse de ses petits yeux bleus aux cils d'albinos, et surtout l'aveugle et subite tendresse de Fanny pour cet étranger tout à coup tombé dans leur vie, troublaient l'amant d'un soupçon nouveau. C'était peut-être un enfant à elle, élevé en nourrice ou chez sa belle-mère; et la mort de Machaume apprise vers cette époque semblait une coïncidence pour justifier son tourment. Parfois, la nuit, quand il tenait cette petite main cramponnée à la sienne, — car l'enfant dans le vague du sommeil et du rêve croyait toujours la tendre à *ménine*, — il l'interrogeait de tout son trouble intérieur et inavoué : « D'où viens-tu? Qui es-tu? » espérant deviner, communiqué par la chaleur du petit être, le mystère de sa naissance.

Mais son inquiétude tomba, sur un mot du père Legrand qui venait demander qu'on l'aidât à payer un entourage à sa défunte et criait à sa fille en apercevant la berce de Josaph :

— « Tiens ! un gosse !... tu dois être contente !... Toi qui n'as jamais pu en décrocher un. »

Gaussin fut si heureux, qu'il paya l'entourage, sans demander à voir les devis, et retint le père Legrand à déjeuner.

Employé dans les tramways de Paris à Versailles, injecté de vin et d'apoplexie, mais toujours vert et de belle mine sous son chapeau de cuir bouilli entouré pour la circonstance d'une lourde ganse de crêpe qui en faisait un vrai chapeau de croque-mort, le vieux cocher parut enchanté de l'accueil du monsieur de sa fille, et revint de temps en temps manger la soupe avec eux. Ses cheveux blancs de polichinelle sur sa face rase et tuméfiée, ses airs de pochard majestueux, le respect qu'il portait à son fouet, le posant, le calant dans un coin sûr avec des précautions de nourrice, impressionnaient beaucoup l'enfant; et tout de suite le vieux et lui furent en grande intimité. Un jour qu'ils achevaient de dîner tous ensemble, les Hettéma vinrent les surprendre :

« Ah ! pardon, vous êtes en famille... » fit la femme en minaudant, et le mot frappa Jean au visage, humiliant comme un soufflet.

Sa famille !... Cet enfant trouvé qui ronflait la tête sur la nappe, ce vieux forban ramolli, la pipe en coin de bouche, la voix poisseuse, expliquant pour la centième fois que deux sous de fouet lui duraient six mois et que, depuis vingt ans, il n'avait pas changé de manche !... Sa famille, allons donc !... pas plus qu'elle n'était sa femme, cette Fanny Legrand, vieillie et fatiguée, avachie sur ses coudes dans la fumée des cigarettes... Avant un an, tout cela disparaîtrait de sa vie, avec le vague de rencontres de voyage, de convives de table d'hôte.

Mais à d'autres moments cette idée de départ qu'il invoquait comme excuse à sa faiblesse, dès qu'il se sentait déchoir, tiré en bas, cette idée, au lieu de le rassurer, de le soulager, lui faisait sentir les liens multiples serrés autour de lui, quel déchirement ce serait que ce départ, non pas une rupture, mais dix ruptures, et qu'il lui en coûterait de lâcher cette petite main d'enfant qui la nuit s'abandonnait dans la sienne. Jusqu'à La Balue, le loriot sifflant et chantant dans sa cage trop petite qu'on devait toujours lui changer et où il courbait le dos comme le vieux cardinal dans sa prison de fer; oui, La Balue lui-même avait pris un petit coin de son cœur, et ce serait une souffrance que l'ôter de là.

Elle approchait pourtant, cette inévitable séparation; et le splendide mois de juin, qui mettait la nature en fête, serait probablement le dernier qu'ils passeraient ensemble. Est-ce cela qui la rendait nerveuse, irritable, ou l'éducation de Josaph entreprise d'une ardeur subite, au grand ennui du petit Morvandiau qui restait des heures devant ses lettres, sans les voir ni les prononcer, le front fermé d'une barre comme les battants d'une cour de ferme? De jour en jour, ce caractère de femme s'exaltait en violences et en pleurs dans des scènes sans cesse renouvelées, bien que Gaussin s'appliquât à l'indulgence; mais elle était si injurieuse, il montait de sa colère une telle vase de rancune et de haine contre la jeunesse de son amant, son éducation, sa famille, l'écart que la vie allait agrandir entre leurs deux destinées, elle s'entendait si bien à le piquer aux points sensibles, qu'il finissait pas s'emporter aussi et répondre.

Seulement sa colère à lui gardait une réserve, une pitié d'homme bien élevé, des coups qu'il ne portait pas, comme trop douloureux et faciles, tandis qu'elle se lâchait dans ses fureurs de fille, sans responsabilité, ni pudeur, faisait arme de tout, épiant sur le visage de sa victime avec une joie cruelle la contraction de souffrance qu'elle occasionnait, puis tout à coup tombant dans ses bras et implorant son pardon.

La physionomie des Hettéma, témoins de ces querelles éclatant presque toujours à table, au moment assis et installé de découvrir la soupière ou de mettre le couteau dans le rôti, était à peindre. Ils échangeaient par-dessus la table servie un regard de comique effarement. Pourrait-on manger, ou le gigot allait-il voler par le jardin avec le plat, la sauce et l'étuvée de haricots?

« Surtout pas de scène !... » disaient-ils à chaque fois qu'il était question de se réunir; et c'est le mot dont ils accueillaient une offre de déjeuner ensemble en forêt, que Fanny leur jetait un dimanche par-dessus le mur... Oh, non ! on ne se disputerait pas aujourd'hui, il faisait trop beau !... Et elle courut habiller l'enfant, remplir les paniers.

Tout était prêt, on partait, quand le facteur apporta une lettre chargée dont la signature retint Gaussin en arrière. Il rejoignit la bande à l'entrée du bois, et tout bas à Fanny :

« C'est de l'oncle... Il est ravi... Une récolte superbe, vendue sur pied... Il renvoie les huit mille francs de Déchelette, avec bien des compliments et remercîments à sa nièce.

— Oui, sa nièce !... à la mode de Gascogne... Vieille carotte, va... » dit Fanny qui ne conservait guère d'illusions sur les oncles du Midi ; puis, toute joyeuse :

« Il va falloir placer cet argent... »

Il la regarda stupéfait, l'ayant toujours connue très scrupuleuse sur les questions de probité monnayée...

« Placer?... mais ce n'est pas à toi...

— Tiens, au fait, je ne t'ai pas dit... »

Elle rougit, avec ce regard qui se ternissait à la moindre altération de la vérité... Ce bon enfant de Déchelette, ayant appris ce qu'ils faisaient pour Joseph, lui avait écrit que cet argent les aiderait à élever le petit. « Puis tu sais, si ça t'ennuie, on les lui rendra, ses huit mille francs ; il est à Paris... »

La voix des Hettéma, qui discrètement avaient pris l'avance, retentit sous les arbres :

« A droite ou à gauche?

— A droite, à droite... aux Étangs !... » cria Fanny, puis, tournée vers son amant : « Voyons, tu ne vas pas recommencer à te dévorer pour des bêtises... nous sommes un vieux ménage, que diable !... »

Elle connaissait cette pâleur tremblée de ses lèvres, ce coup d'œil au petit, l'interrogeant des pieds à la tête ; mais cette fois ce ne fut qu'une velléité de violence jalouse. Il en arrivait maintenant aux lâchetés de l'habitude, aux concessions pour la paix. « Quel besoin de me torturer, d'aller au fond des choses?... Si cet enfant est à elle, quoi de plus simple qu'elle l'ait pris, en me cachant la vérité, après toutes les scènes, les interrogatoires que je lui ai fait subir !... Vaut-il pas mieux accepter ce qui est et passer tranquillement les quelques mois qui nous restent?... »

Et par les chemins vallonnés du bois il s'en allait portant leur déjeuner de cantine dans son lourd panier drapé de blanc, résigné, las, le dos rond d'un vieux jardi-

nier, tandis que devant lui la mère et l'enfant marchaient ensemble, Joseph endimanché et gauche dans un complet de la *Belle-Jardinière* qui l'empêchait de courir, elle en peignoir clair, tête et cou nus sous un parasol japonais, la taille épaissie, la marche veule, et dans ses beaux cheveux en torsades, une grande mèche blanche qu'elle ne se donnait plus la peine de cacher.

En avant et plus bas, se tassait dans la pente de l'allée le couple Hettéma, coiffé de gigantesques chapeaux de paille pareils à ceux des cavaliers Touareg, vêtu de flanelle rouge, chargé de victuailles, d'engins de pêche, filets, balances à écrevisses, et la femme, pour alléger son mari, portant vaillamment en sautoir sur sa poitrine de colosse le cor de chasse sans lequel il n'y avait pas de promenade en forêt possible pour le dessinateur. En marchant, le ménage chantait :

> J'aime entendre la rame
> Le soir battre les flots;
> J'aime le cerf qui brame...

Le répertoire d'Olympe était inépuisable
de ces sentimentalités de la rue; et quand
on se figurait où elle les avait ramassées,
dans quelle demi-ombre honteuse de persiennes closes, à combien d'hommes elle les
avait chantées, la sérénité du mari accompagnant à la tierce prenait une extraordinaire grandeur. Le mot du grenadier à
Waterloo : « Ils sont trop... » devait être
celui de la philosophique indifférence de cet
homme.

Pendant que Gaussin rêveur regardait
l'énorme couple s'enfoncer dans un creux
de vallon où lui-même s'engageait à sa
suite, un grincement de roues montait
l'allée avec une volée de fous rires, de voix
enfantines; et tout à coup parut à quelques
pas de lui un chargement de fillettes,
rubans et cheveux flottants dans une charrette anglaise traînée par un petit âne,
qu'une jeune fille, guère plus âgée que les
autres, tirait par la bride sur ce chemin
difficile.

Il était aisé de voir que Jean faisait partie de la bande dont les tournures hétéro-
clites, la grosse dame surtout, ceinturée
d'un cor de chasse, avaient animé le petit
monde d'une gaîté inextinguible; aussi la
jeune fille essaya-t-elle d'imposer silence
aux enfants une minute. Mais ce nouveau
chapeau touareg déchaîna plus fort leur
folie moqueuse, et en passant devant
l'homme qui se rangeait pour laisser de la
place à la petite charrette, un joli sourire
un peu gêné lui demandait grâce et s'étonnait naïvement de trouver au vieux jardi-
nier une figure si douce et si jeune.

Il salua timidement, rougit sans trop
savoir de quelle honte; et l'attelage s'arrêtant en haut de la côte à une croiserie de
chemins, avec un ramage de petites voix
qui lisaient tout haut les noms du poteau
indicateur à demi effacés par les pluies...
*Route des Étangs, Chêne du grand veneur,
Fausses Reposes, Chemin de Vélizy...* Jean
se retourna pour voir disparaître dans l'allée verte étoilée de soleil et tapissée de
mousse, où les roues filaient sur du velours,
ce tourbillon de blonde jeunesse, cette
charretée de bonheur aux couleurs du printemps, aux rires en fusées sous les branches.

La trompe d'Hettéma, furieuse, le tira
brusquement de son rêve. Ils étaient ins-
tallés au bord de l'étang, en train de débal-
ler les provisions; et de loin on voyait
reflétées par l'eau claire la nappe blanche
sur l'herbe rase, et les vareuses de flanelle
rouge éclatant dans la verdure comme des
vestes de piqueur.

« Arrivez donc... c'est vous qui avez le
homard », criait le gros homme; et la voix
nerveuse de Fanny :

« C'est la petite Bouchereau qui t'a
arrêté en route?... »

Jean tressaillit à ce nom de Bouchereau
qui le ramenait à Castelet, près du lit de sa
mère malade.

« Mais oui, » dit le dessinateur lui pre-
nant le panier des mains... « La grande,
celle qui conduisait, c'est la nièce du médecin... Une fille de son frère qu'il a prise
chez lui. Ils habitent Vélizy pendant l'été...
Elle est jolie.

— Oh! jolie... l'air effronté, surtout... »
Et Fanny, coupant le pain, épiait son
amant, inquiète de ses yeux distraits.

Mme Hettéma, très grave, déballant le
jambon, blâmait fort cette façon de laisser
des jeunes filles courir les bois en liberté.
« Vous me direz que c'est le genre anglais,
et que celle-ci a été élevée à Londres...
mais c'est égal, ça n'est vraiment pas convenable.

— Non, mais très commode pour les
aventures !

— Oh! Fanny...

— Pardon, j'oubliais... Monsieur croit
aux innocentes...

— Voyons, si l'on déjeunait... » fit Hettéma qui commençait à s'effrayer. Mais il
fallait qu'elle lâchât tout ce qu'elle savait
des jeunes filles du monde. Elle avait de
belles histoires là-dessus... les couvents, les
pensionnats, c'était du propre... Elles sortaient de là épuisées, flétries, avec le dégoût de l'homme; pas même capables de
faire des enfants. « Et c'est alors qu'on
vous les donne, tas de jobards !... Une ingé-
nue!... Comme s'il y avait des ingénues;
comme si du monde ou pas du monde,
toutes les filles ne savaient pas, de naissance, de quoi il retourne... Moi, d'abord,
à douze ans, je n'avais plus rien à apprendre... vous non plus, n'est-ce pas, Olympe?

— ... Turellement... » dit Mme Hettéma
avec un haussement d'épaules; mais le sort
du déjeuner la préoccupait surtout, en

Ils s'injuriaient en pleine figure, devant la curiosité mauvaise de l'enfant. (Page 77.)

entendant Gaussin, qui se montait, décla-
rer qu'il y avait jeunes filles et jeunes filles,
et qu'on trouverait encore dans les familles...

« Ah ! oui, la famille, ripostait sa maîtresse d'un air de mépris, parlons-en...;
surtout de la tienne.

— Tais-toi... Je te défends...

— Bourgeois !

— Drôlesse !... Heureusement ça va finir... Je n'en ai plus pour longtemps à
vivre avec toi...

— Va, va, file, c'est moi qui serai contente... »

Ils s'injuriaient en pleine figure, devant
la curiosité mauvaise de l'enfant à plat
ventre dans l'herbe, quand une effroyable
sonnerie de trompe, centuplée en écho par
l'étang, les masses étagées du bois, couvrit
tout à coup leur querelle.

« En avez-vous assez ?... En voulez-vous
encore ? » et rouge, le cou gonflé, le gros
Hettéma, n'ayant trouvé que ce moyen de
les faire taire, attendait, l'embouchure aux
lèvres, le pavillon menaçant.

IX

D'habitude leurs fâcheries ne duraient
guère, fondues à un peu de musique, aux
câlines effusions de Fanny; mais, cette
fois, il lui en voulut sérieusement, et plusieurs jours de suite garda le même pli du
front, le même silence de rancune, s'installant à dessiner sitôt les repas, se refu-
sant à toute sortie avec elle.

C'était comme une honte subite de l'ab-
jection où il vivait, la crainte de rencontrer encore la petite charrette montant
l'allée et ce limpide sourire de jeunesse
auquel il songeait constamment. Puis,
avec un brouillement de rêve qui s'en va,
de décor qui se casse pour les changements
à vue d'une féerie, l'apparition devint con-
fuse, se perdit dans son lointain de bois,
et Jean ne la revit plus. Seulement il lui
resta un fond de tristesse dont Fanny crut
savoir la cause, et résolut d'avoir raison.

« C'est fait, » lui dit-elle un jour toute
joyeuse... « J'ai vu Déchelette... Je lui ai
rendu l'argent... Il trouve, comme toi,

que c'est plus convenable ainsi; je me demande pourquoi, par exemple... Enfin,
ça y est... Plus tard, quand je serai seule,
il pensera au petit... Es-tu content?...
M'en veux-tu toujours ? »

Et elle lui raconta sa visite rue de Rome,
son étonnement de trouver, au lieu du ca-
ravansérail bruyant et fou, traversé de
bandes en délire, une maison bourgeoise
paisible, gardée d'une consigne très sévère.
Plus de galas, plus de bals masqués ; et
l'explication de ce changement, dans ces
mots à la craie que quelque parasite écon-
duit et furieux avait écrits sur la petite
entrée de l'atelier : *Fermé pour cause de
collage.*

« Et c'est la vérité, mon cher... Déchelette en arrivant s'est toqué d'une fille de
skating, Alice Doré; il l'a prise avec lui
depuis un mois, en ménage, absolument
en ménage... Une petite femme bien gentille, bien douce, un joli mouton... Ils ne
font guère de bruit à eux deux... J'ai promis que nous irions les voir; ça nous chan-
gera un peu du cor de chasse et des bar-
carolles... C'est égal, dis donc, le philosophe avec ses théories... Pas de lendemain,
pas de collage... Ah ! je l'ai joliment bla-
gué ! »

Jean se laissa conduire chez Déchelette,
qu'il n'avait pas revu depuis leur rencontre
à la Madeleine. On l'eût bien surpris alors,
en lui disant qu'il en arriverait à fréquen-
ter sans dégoût ce cynique et dédaigneux
amant de sa maitresse, à devenir presque
son ami. Dès la première visite, lui-même
s'étonnait de se sentir si à l'aise, charmé
par la douceur de cet homme au bon rire
d'enfant dans sa barbe de cosaque, et
d'une sérénité d'humeur que n'altéraient
pas les cruelles crises de folie qui plom-
baient son teint, le tour de ses yeux.

Et comme on comprenait bien la tendresse qu'il inspirait à cette Alice Doré,
aux longues mains molles et blanches, à
l'insignifiante beauté blonde, que relevait
l'éclat de sa chair de Flamande, aussi
dorée que son nom; de l'or dans les cheveux, dans les prunelles, frangeant les
cils, pailletant la peau jusque sous les
ongles.

Ramassée par Déchelette sur l'asphalte
du skating, parmi les grossièretés, les bru-
talités de la traite, les tourbillons de fumée que l'homme crache, avec un chiffre,
dans le maquillage de la fille, la politesse

de celui-ci l'avait attendrie et surprise. Elle se retrouva femme, ce pauvre bétail à plaisir qu'elle était, et quand il voulut la renvoyer au matin, conformément à ses principes, avec un bon déjeuner et quelques louis, elle eut le cœur si gros, lui demanda si doucement, si désirément : « Garde-moi encore... » qu'il ne se sentit pas le courage de refuser. Depuis, moitié respect humain, moitié lassitude, il tenait sa porte close sur cette lune de miel de hasard, qu'il passait au frais et au calme de son palais d'été, si bien aménagé pour le confortable; et ils vivaient ainsi très heureux, elle de ces égards tendres qu'elle n'avait jamais connus, lui du bonheur qu'il donnait à ce pauvre être et de sa reconnaissance naïve, subissant aussi sans qu'il s'en rendît compte, et pour la première fois, le charme pénétrant d'une intimité de femme, le mystérieux sortilège de la vie à deux, dans une conformité de bonté et de douceur.

Pour Gaussin, l'atelier de la rue de Rome fut une diversion au milieu bas et mesquin où traînait sa vie de petit employé en faux ménage; il aimait la conversation de ce savant aux goûts d'artiste, de ce philosophe en robe persane, légère et lâche comme sa doctrine, ces récits de voyages que Déchelette esquissait avec le moins de mots possible, et si bien à leur place parmi les tentures orientales, les Bouddhas dorés, les chimères de bronze, le luxe exotique de ce hall immense où le jour tombait d'un haut vitrage, vraie lumière de fond de parc, remuée par le feuillage grêle des bambous, les palmes découpées des fougères arborescentes, et les énormes feuilles des stillingias mêlées à des philodendrons aux minces flexibilités de plantes d'eau, cherchant l'ombre et l'humide.

Le dimanche surtout, avec cette large baie sur une rue déserte du Paris d'été, le frisson des feuilles, l'odeur de terre fraîche au pied des plantes, c'était la campagne et le sous-bois presque autant qu'à Chaville, moins la promiscuité et la trompe des Hettéma. Il ne venait jamais de monde; une fois pourtant, Gaussin et sa maîtresse, arrivant pour dîner, entendirent dès l'entrée l'animation de plusieurs voix. Le jour baissait, on prenait le raki dans la serre, et la discussion semblait vive :

« Et moi je trouve que cinq ans de Mazas, le nom perdu, la vie détruite, c'est assez payer cher un coup de passion et de folie... Je signerai votre pétition, Déchelette.

— C'est Caoudal... » dit Fanny tout bas, en tressaillant.

Quelqu'un répondait avec la sécheresse cassante d'un refus : « Moi, je ne signe rien, n'acceptant aucune solidarité avec ce drôle...

— La Gournerie, maintenant... » Et Fanny, serrée contre son amant, murmurait : « Allons-nous-en, si ça t'ennuie de les voir...

— Pourquoi donc? mais pas du tout... » En réalité, il ne se rendait pas bien compte de l'impression qu'il aurait à se trouver en face de ces hommes, mais il ne voulait pas reculer devant l'épreuve, désireux peut-être de savoir le degré actuel de cette jalousie qui avait fait son misérable amour.

« Allons! » dit-il, et ils se montrèrent dans une lumière rose de fin jour, éclairant les crânes chauves, les barbes grisonnantes des amis de Déchelette jetés sur les divans bas, autour d'une table d'Orient en escabeau où tremblait, dans cinq ou six verres, la liqueur anisée et laiteuse qu'Alice était en train de verser. Les femmes s'embrassèrent : « Vous connaissez ces messieurs, Gaussin? » demanda Déchelette, au mouvement berceur de son fauteuil à bascule.

S'il les connaissait !... Deux au moins lui étaient familiers à force d'avoir dévisagé pendant des heures leurs portraits aux vitrines de célébrités. Comme ils l'avaient fait souffrir, quelle haine il s'était sentie contre eux, une haine de succession, une rage à sauter dessus, à leur manger la figure, lorsqu'il les rencontrait dans la rue !... Mais Fanny disait bien que cela lui passerait; maintenant c'était pour lui des visages de connaissance presque des parents, des oncles lointains qu'il retrouvait.

« Toujours beau, le petit !... » dit Caoudal, allongé de toute sa taille géante et tenant un écran au-dessus de ses paupières pour les garantir du vitrage. « Et Fanny, voyons !... » Il se leva sur le coude, cligna ses yeux d'expert : « La figure tient encore; mais la taille, tu fais bien de la filer... enfin, console-toi, ma fille, La Gournerie est encore plus gros que toi. »

Le poëte pinça dédaigneusement ses lèvres minces. Assis à la turque sur une pile de coussins, — depuis son voyage en Algérie il prétendait ne pouvoir se tenir autrement, — énorme, empâté, n'ayant plus d'intelligent que son front solide sous une forêt blanche, et son dur regard de négrier, il affectait avec Fanny une réserve mondaine, une politesse exagérée, comme pour donner une leçon à Caoudal.

Deux paysagistes à têtes hâlées et rustiques complétaient la réunion ; eux aussi connaissaient la maîtresse de Jean, et le plus jeune lui dit dans un serrement de main :

« Déchelette nous a conté l'histoire de l'enfant, c'est très gentil ce que vous avez fait là, ma chère.

— Oui, » fit Caoudal à Gaussin, « oui, très chic, l'adoption... Pas province du tout. »

Elle semblait embarrassée de ces éloges, quand on buta contre un meuble, dans l'atelier obscur, et une voix demanda : « Personne ? »

Déchelette dit :

« Voilà Ezano. »

Celui-là, Jean ne l'avait jamais vu ; mais il savait quelle place ce bohème, ce fantaisiste, aujourd'hui rangé, marié, chef de division aux Beaux-Arts, avait tenue dans l'existence de Fanny Legrand, et il se souvenait d'un paquet de lettres passionnées et charmantes. Un petit homme s'avança, creusé, desséché, la démarche raide, qui donnait la main de loin, tenait les gens à distance par une habitude d'estrade, de figuration administrative. Il parut très surpris de voir Fanny, surtout de la retrouver belle après tant d'années :

« Tiens !... Sapho... » et une rougeur furtive égaya ses pommettes.

Ce nom de Sapho qui la rendait au passé, la rapprochait de tous ses anciens, causa une certaine gêne.

« Et M. d'Armandy qui nous l'a amenée... » fit Déchelette vivement pour prévenir le nouveau venu. Ezano salua : on se mit à causer. Fanny, rassurée de voir comme son amant prenait les choses, et fière de lui, de sa beauté, de sa jeunesse, devant des artistes, des connaisseurs, se montra très gaie, très en verve. Toute à sa passion présente, à peine se souvenait-elle de ses liaisons avec ces hommes ; des années de cohabitation pourtant, de vie en commun où l'empreinte se fait d'habitudes, de manies gagnées à un contact et lui survivant, jusqu'à cette façon de rouler les cigarettes, qu'elle tenait d'Ezano comme sa préférence du job et du maryland.

Jean constatait sans le moindre trouble ce petit détail qui l'eût exaspéré jadis, éprouvant, à se trouver aussi calme, la joie d'un prisonnier qui a limé sa chaîne et sent que le moindre effort lui suffira pour l'évasion.

« Hein ! ma pauvre Fanny, » disait Caoudal d'un ton blagueur, en lui montrant les autres... « quel déchet !... sont-ils vieux, sont-ils raplatis !... il n'y a que nous deux, vois-tu, qui tenions le coup. »

Fanny se mit à rire : « Ah ! pardon, colonel, » — on l'appelait quelquefois ainsi à cause de ses moustaches, — « ce n'est pas tout à fait la même chose... je suis d'une autre promotion...

— Caoudal oublie toujours qu'il est un ancêtre, » dit La Gournerie, et sur un mouvement du sculpteur qu'il savait toucher au vif : « Médaillé de 1840, » cria-t-il de sa voix stridente, « c'est une date, mon bon ! »

Il restait entre ces deux anciens amis un ton agressif, une sourde antipathie qui ne les avait jamais séparés, mais éclatait dans leurs regards, leurs moindres paroles, et cela depuis vingt ans, du jour où le poète enlevait sa maîtresse au sculpteur. Fanny ne comptait plus pour eux, ils avaient l'un et l'autre couru d'autres joies, d'autres déboires ; mais la rancune subsistait, creusée plus profonde avec les années.

« Regardez-nous donc tous les deux, et dites franchement si c'est moi qui suis l'ancêtre !... » Serré dans le veston qui faisait saillir ses muscles, Caoudal se campait debout, la poitrine cambrée, secouant sa crinière flamboyante où l'on ne voyait pas un poil blanc :

« Médaillé de 1840... cinquante-huit ans dans trois mois... Et puis, qu'est-ce que ça prouve ?... Est-ce l'âge qui fait les vieux ?... Il n'y a qu'à la Comédie-Française et au Conservatoire que les hommes bafouillent à la soixantaine, en branlant la tête, et petonnent le dos rond, les jambes molles, avec des accidents séniles. A soixante ans, sacrebleu ! on marche plus droit qu'à trente, parce qu'on se surveille ; et la femme vous gobe encore pourvu que le cœur reste jeune, et chauffe, et remonte toute la carcasse...

— Crois-tu ? » fit La Gournerie qui regardait Fanny en ricanant. Et Déchelette avec son bon sourire :

« Pourtant tu dis toujours qu'il n'y a
que la jeunesse, tu en rabâches...

— C'est ma petite Cousinard qui m'a
fait changer d'idée... Cousinard, mon nouveau modèle... Dix-huit ans, des ronds,
des fossettes partout, un Clodion... Et si
bon enfant, si peuple, du Paris de la Halle
où sa mère vend de la volaille... Elle vous
a de ces mots bêtes à l'embrasser, de ces

mots... L'autre jour, dans l'atelier, elle
trouve un roman de Dejoie, regarde le
titre : *Thérèse*, et le rejette avec sa jolie
moue : « Si ça s'était appelé Pauv' Thérèse, je l'aurais lu toute la nuit !... » J'en
suis fou, je vous dis.

— Du coup te voilà en ménage !... Et
dans six mois, encore une rupture, des
larmes comme le poing, le dégoût du travail, des colères à tout tuer... »

Le front de Caoudal s'assombrit :

« C'est vrai que rien ne dure... On se
prend, on se quitte...

— Alors pourquoi se prendre ?

— Eh bien, et toi ?... Crois-tu donc que
tu en as pour la vie avec ta Flamande !...

— Oh ! nous autres, nous ne sommes pas
en ménage... pas vrai, Alice !

— Certainement, » répondit d'une voix
douce et distraite la jeune femme, montée
sur une chaise, en train de cueillir des g'y-
cines et des verdures pour un bouquet de
table. Déchelette continua :

« Il n'y aura pas de rupture entre nous,
à peine une quitterie... Nous avons fait un
bail de deux mois à passer ensemble; le
dernier jour on se séparera sans désespoir
et sans surprise... Moi je retournerai à
Ispahan, — je viens de retenir mon slee-
ping, — et Alice rentrera dans son petit
appartement de la rue La Bruyère qu'elle
a toujours gardé.

— Troisième au-dessus de l'entresol,
tout ce qu'il y a de plus commode pour se
fiche par la fenêtre ! »

En disant cela, la jeune femme souriait,
rousse et lumineuse dans le jour tombant,
sa lourde grappe de fleurs mauves à la
main, mais l'accent de sa parole était si
profond, si grave que personne ne répondit. Le vent fraîchissait, les maisons d'en
face semblaient plus hautes.

« Allons nous mettre à table, » cria le colonel... « Et disons des choses folâtres...

— Oui, c'est cela, *gaudeamus igitur*...
amusons-nous pendant que nous sommes
jeunes, n'est-ce pas, Caoudal?... » dit La
Gournerie avec un rire qui sonnait faux.

Jean, quelques jours après, passait de
nouveau rue de Rome, il trouvait l'atelier
fermé, le grand rideau de coutil descendu
sur la vitre, un silence morne des caves
jusqu'à la toiture en terrasse. Déchelette
était parti, à l'heure indiquée, le bail fini.
Et lui pensait : « C'est beau de faire ce
qu'on veut dans l'existence, de gouverner
sa raison et son cœur... Aurai-je jamais ce
courage?... »

Une main se posa sur son épaule :

« Bonjour, Gaussin !... »

Déchelette, l'air fatigué, plus jaune et
plus froncé que d'habitude, lui expliqua
qu'il ne partait pas encore, retenu à Paris
par quelques affaires, et qu'il habitait le
Grand-Hôtel, l'atelier lui faisant horreur
depuis cette histoire épouvantable...

« Quoi donc ?

— C'est vrai, vous ne savez pas..., Alice
est morte... Elle s'est tuée... Attendez-
moi, que je regarde si j'ai des lettres... »
Il revint presque aussitôt, et tout en
faisant sauter des bandes de journaux
d'un doigt nerveux, il parlait sourdement
comme un somnambule, sans regarder
Gaussin qui marchait près de lui :
« Oui, tuée, jetée par la fenêtre, comme
elle l'avait dit le soir où vous étiez là...
Qu'est-ce que vous voulez?... moi, je ne
savais pas, je ne pouvais pas me douter...
Le jour où je devais partir, elle me dit
d'un air tranquille : « Emmène-moi, Déchelette... ne me laisse pas seule... je ne
« pourrai plus vivre sans toi... » Ça me faisait rire. Me voyez-vous avec une femme
là-bas, chez ces Kurdes... Le désert, les
fièvres, les nuits de bivouac... A dîner,
elle me répétait encore : « Je ne te gênerai
pas, tu verras comme je serai gentille »...
Puis, voyant qu'elle me faisait de la peine,
elle n'a plus insisté... Après, nous sommes
allés aux Variétés, dans une baignoire...
tout cela convenu d'avance... Elle paraissait contente, me tenait la main tout le
temps et murmurait : « Je suis bien... »
Comme je partais dans la nuit, je la ramenai chez elle en voiture; mais nous étions
tristes tous deux, sans parler. Elle ne me
dit même pas merci pour un petit paquet
que je lui glissai dans la poche, de quoi
vivre tranquille un an ou deux. Arrivés
rue Labruyère, elle me demande de monter... Je ne voulais pas. « Je t'en prie...
« jusqu'à la porte seulement. » Mais là je
tins bon, je n'entrai pas. Ma place était
retenue, mon sac fait, puis j'avais trop dit
que je partirais... En descendant, le cœur
un peu gros, j'entendais qu'elle me criait
quelque chose comme « ... plus vite que
toi... » mais je ne compris qu'en bas, dans
la rue... Oh !... »
Il s'arrêta, les yeux à terre, devant l'horrible vision que le trottoir lui présentait
maintenant à chaque pas, cette masse inerte
et noire qui râlait...
« Elle est morte deux heures après, sans
un mot, sans une plainte, me fixant de ses
prunelles d'or. Souffrait-elle? m'a-t-elle
reconnu? Nous l'avions couchée sur son
lit, tout habillée, une grande mantille de
dentelle enveloppant la tête d'un côté,
pour cacher la blessure du crâne. Très pâle,
avec un peu de sang sur la tempe, elle
était encore jolie, si douce... Mais comme

je me penchais pour essuyer cette goutte
de sang qui revenait toujours inépuisable,
— son regard m'a semblé prendre une ex-

pression indignée et terrible... Une malédiction muette que la pauvre fille me jetait... Aussi qu'est-ce que ça me faisait de
rester quelque temps encore ou de l'emmener avec moi, prête à tout, si peu gênante?... Non, l'orgueil, l'entêtement

d'une parole dite... Eh bien, je n'ai pas cédé, et elle est morte, morte de moi qui l'aimais pourtant... »

Il se montait, parlait tout haut, suivi de l'étonnement des gens qu'il coudoyait en descendant la rue d'Amsterdam; et Gaussin, passant devant son ancien logis dont il apercevait le balcon, la véranda, faisait un retour vers Fanny, et leur propre histoire, se sentait pris d'un frisson, pendant que Déchelette continuait :

tout sur un hasard, un mauvais sort; mais Déchelette répétait en secouant la tête, les dents serrées :

« Non, non... Je ne me pardonnerai jamais... Je voudrais me punir... »

Ce désir d'une expiation ne cessa de le hanter, il en parlait à tous ses amis, à Gaussin qu'il venait prendre à la sortie du bureau.

« Allez-vous-en donc, Déchelette... Voyagez, travaillez, ça vous distraira... » lui

« Je l'ai conduite à Montparnasse sans amis, sans famille... J'ai voulu être seul à m'occuper d'elle... Et depuis, je suis là, pensant toujours à la même chose, ne pouvant me décider à partir avec cette idée obsédante, et fuyant ma maison où j'ai passé deux mois si heureux à côté d'elle... Je vis dehors, je cours, j'essaie de me distraire, d'échapper à cet œil de morte qui m'accuse sous un filet de sang... »

Et s'arrêtant, buté à ce remords, avec deux grosses larmes qui glissaient sur son petit nez camard si bon, si épris de la vie, il disait :

« Voyons, mon ami; je ne suis pourtant pas méchant... C'est un peu fort tout de même que j'aie fait ça... »

Jean essayait de le consoler, rejetant

répétaient Caoudal et les autres, un peu inquiets de son idée fixe, de cet acharnement à leur faire répéter qu'il n'était pas méchant. Enfin un soir, soit qu'il eût voulu revoir l'atelier avant de partir, ou qu'un projet très arrêté d'en finir avec sa peine l'y eût amené, il rentra chez lui, et au matin des ouvriers descendant des faubourgs à leur travail, le ramassèrent le crâne en deux, sur le trottoir devant sa porte, mort du même suicide que la femme, avec les mêmes affres, le même fracassement d'un désespoir jeté à la rue.

Dans l'atelier en demi-jour, une foule se pressait, d'artistes, de modèles, de femmes de théâtre tous les danseurs, tous les soupeurs des dernières fêtes. C'était un bruit piétiné, chuchoté, une rumeur de chapelle sous la flamme courte des cierges. On regardait à travers les lianes, les feuillages, le corps exposé dans une étoffe de soie ramagée de fleurs d'or, coiffé en turban pour la hideuse plaie de la tête, et tout de son long étendu, les mains blanches en avant qui disaient l'abandon, le déliement suprême, sur le divan bas ombragé de glycines où Gaussin et sa maîtresse s'étaient connus la nuit du bal.

X

On en meurt donc quelquefois de ces ruptures !... Maintenant, quand ils se disputaient, Jean n'osait plus parler de son départ, il ne criait plus, exaspéré : « Heureusement, ça va finir ». Elle n'aurait eu qu'à répondre : « C'est bien, va-t'en... moi, je me tuerai, je ferai comme l'autre... » Et cette menace qu'il croyait comprendre dans la mélancolie de ses regards et des airs qu'elle chantait, dans la songerie de ses silences, le troublait jusqu'à l'épouvante.

Cependant il avait passé l'examen de classement qui termine, pour les attachés consulaires, le stage ministériel; reçu dans un bon rang, on allait le désigner pour un des premiers postes libres, ce n'était plus qu'une affaire de semaines, de jours !... Et autour d'eux, dans cette fin de saison aux soleils de plus en plus brefs, tout se hâtait aussi vers les changements de l'hiver. Un matin, Fanny ouvrant la fenêtre, devant le premier brouillard, s'écriait :

« Tiens, les hirondelles sont parties... »

L'une après l'autre, les maisons bourgeoises du pays fermaient leurs persiennes; sur la route de Versailles, des voitures de déménagement se succédaient, de grands omnibus de campagne chargés de paquets, avec des panaches de plantes vertes sur la plate-forme, pendant que les feuilles s'en allaient par tourbillons, roulaient comme les nuages en fuite sous le ciel bas, et que les meules montaient dans les champs dégarnis. Derrière le verger, dépouillé, rapetissé, par le manque de verdure, les chalets fermés, les séchoirs de

blanchisseries aux toits rouges se massaient en paysage triste, et de l'autre côté de la maison la voie ferrée mise à nu déroulait tout le long des bois en grisaille sa noire ligne voyageuse.

Quelle cruauté de la laisser là toute seule dans cette tristesse des choses ! Il sentait son cœur défaillir d'avance; jamais il n'aurait le courage de l'adieu. C'était bien

là-dessus qu'elle comptait, l'attendant à cette minute suprême, et jusque-là tranquille, ne parlant de rien, fidèle à sa promesse de ne pas mettre d'entraves à ce départ de tout temps prévu et consenti. Un jour, il rentra avec cette nouvelle :

« Je suis nommé...

— Ah !... et où donc ?... »

Elle questionnait, l'air indifférent, mais les lèvres et les yeux décolorés, une telle crispation sur tout le visage qu'il ne la fit pas plus longtemps attendre : « Non, non... pas encore... J'ai cédé mon tour à Hédouin... ça nous donne au moins six mois. »

Ce fut un débordement de larmes, de

rires, de baisers fous, qui balbutiaient :
« Merci, merci... Quelle bonne vie je vais te
faire maintenant !... C'était ça, vois-tu,
qui me rendait méchante, cette idée de
départ... » Elle allait s'y préparer mieux,
s'y résigner petit à petit. Et puis, dans six
mois, ce ne serait plus l'automne, avec le
contre-coup de ces histoires de mort.

Elle tint parole. Plus de nerfs, plus de
querelles; et même, pour éviter les ennuis
causés par l'enfant, elle se décidait à le
mettre en pension à Versailles. Il ne sortait que le dimanche, et si ce nouveau ré-
gime ne modifiait pas encore sa nature re-
belle et sauvage, du moins il lui apprenait
l'hypocrisie. On vivait au calme, les dî-
ners avec les Hettéma savourés sans orage,
et le piano rouvert pour les partitions favo-
rites. Mais au fond, Jean restait troublé,
plus perplexe que jamais, se demandant
où le mènerait sa faiblesse, songeant parfois à renoncer aux consulats, à passer
dans le service des bureaux. C'était Paris,
le bail du ménage indéfiniment renouvelé;
mais tout le rêve de sa jeunesse à bas,
et le désespoir des siens, la brouille certaine avec son père qui ne lui pardonnerait pas cet abandon, surtout lorsqu'il en
saurait les causes...

Et pour qui?... Pour une créature vieillie, fanée, qu'il n'aimait plus, il en avait
eu la preuve en face de ses amants... Quel
maléfice tenait donc dans cette vie à deux?

Comme il montait en wagon, un matin,
aux derniers jours d'octobre, un regard
de jeune fille levé vers le sien, lui rappela
tout à coup sa rencontre du bois, cette
grâce radieuse de femme-enfant, dont le
souvenir l'avait poursuivi pendant des
mois. Elle portait la même robe claire que
le soleil tachait si joliment sous les branches, mais recouverte d'un grand manteau
de voyage: et dans le wagon, des livres,
un petit sac, un bouquet de grands roseaux et des dernières fleurs disaient le retour vers Paris, la fin de la villégiature.
Elle aussi l'avait reconnu, d'un demi-sou-
rire frissonnant sur la limpidité d'eau de
source de ses yeux; et ce fut, pendant une
seconde, l'entente inexprimée de la même
pensée chez ces deux êtres.

« Comment va votre mère, monsieur d'Armandy? » demanda tout à coup le vieux
Bouchereau que Jean ébloui n'avait pas
vu d'abord dans son coin, enfoui et lisant,
sa pâle figure inclinée.

Jean donna des nouvelles, très touché
qu'on se souvînt des siens et de lui, bien
plus ému encore, quand la jeune fille s'in-
forma des deux petites bessonnes qui
avaient écrit à son oncle une si gentille
lettre pour le remercier des soins donnés
à leur mère... Elle les connaissait !... cela
le remplit de joie; puis comme il était,
paraît-il, d'une sensibilité extraordinaire
ce matin-là, il devint triste aussitôt, en
apprenant qu'ils rentraient à Paris, que
Bouchereau allait prendre son cours de
semestre à l'École de Médecine. Il n'aurait plus la chance de la revoir... Et les
champs filant aux portières, splendides
tout à l'heure, lui semblaient lugubres,
éclairés d'une lumière d'éclipse.

Le train siffla longuement; on arrivait.
Il salua, les perdit, mais à la sortie de la
gare ils se retrouvèrent, et Bouchereau,
dans le tumulte de la presse, l'avertit qu'à
partir du jeudi suivant, il restait chez lui,
place Vendôme... si le cœur lui disait d'une
tasse de thé... Elle donnait le bras à son
oncle, et il sembla à Jean que c'était elle
qui l'invitait, sans rien dire.

Après avoir décidé plusieurs fois qu'il
irait chez Bouchereau, puis qu'il n'irait
pas — car à quoi bon se donner des regrets
inutiles? — il prévint pourtant chez lui
qu'il y aurait bientôt une grande soirée
au ministère à laquelle il lui faudrait assister. Fanny visitait son habit, lui faisait
repasser des cravates blanches; et brusquement, le jeudi soir, il n'eut plus la
moindre envie de sortir. Mais sa maîtresse
le raisonnait sur la nécessité de cette corvée, se reprochant de l'avoir trop absorbé,
gardé pour elle en égoïste, et elle le décidait, achevait de l'habiller avec des jeux
tendres, retouchait le nœud de sa cravate
le pli de ses cheveux, riait parce que ses
doigts sentaient la cigarette qu'elle reprenait et posait sur la cheminée à toute minute, et que cela ferait faire la grimace
aux danseuses. Et de la voir très gaie, et
très bonne, il avait le remords de son mensonge, serait volontiers resté près d'elle
au coin du feu, si Fanny ne l'eût forcé :
« Je veux... il le faut, » tendrement poussé
dehors dans la nuit du chemin.

Il était tard quand il rentra; elle dor-

mait, et la lampe allumée sur ce sommeil
de fatigue lui rappela une rentrée pareille,
trois ans passés déjà, après les révélations
terribles qu'on venait de lui faire. Comme
il s'était montré lâche, alors ! Par quelle
aberration ce qui devait briser sa chaîne
l'avait-il rivé plus solidement?... Une nau-
sée lui monta aux lèvres, de dégoût. La
chambre, le lit, la femme lui faisaient éga-
lement horreur; il prit la lumière, l'emporta dans la pièce à côté, doucement.
Il désirait tant être seul pour songer à ce
qui lui arrivait... oh ! rien, presque rien...

Il aimait.

Il y a dans certains mots que nous em-
ployons ordinairement un ressort caché
qui tout à coup les ouvre jusqu'au fond,
nous les explique dans leur intimité excep-
tionnelle : puis le mot se replie, reprend sa
forme banale et roule insignifiant, usé par
l'habitude et le machinal. L'amour est un
de ces mots-là; ceux pour qui sa clarté s'est
une fois traduite entière, comprendront
l'angoisse délicieuse où vivait Jean depuis une heure, sans bien se rendre compte
d'abord de ce qu'il éprouvait.

Là-bas, place Vendôme, dans ce coin
de salon où ils étaient restés longtemps à
causer ensemble, il ne sentait rien qu'un
grand bien-être, un charme doux qui l'enveloppait.

Ce n'est qu'une fois dehors, la porte re-
tombée sur lui, qu'il avait été saisi d'une
allégresse folle, puis d'une défaillance à
croire que toutes ses veines s'ouvraient :
« Qu'est-ce que j'ai, mon Dieu !... » Et le
Paris qu'il traversait pour revenir lui paraissait tout nouveau, féerique, élargi, ra-
dieux.

Oui, à cette heure où les bêtes de nuit
sont lâchées et circulent, où la vase des
égouts remonte, s'étale, grouille sous le
gaz jaune, lui l'amant de Sapho, curieux
de toutes les débauches, le Paris que peut
voir la jeune fille revenant du bal avec des
airs de valse plein la tête qu'elle redit aux
étoiles, sous les blancheurs de sa parure;
ce Paris chaste baigné de lune claire où
s'éclosent les âmes vierges, c'est ce Paris
qu'il avait vu !... Et tout à coup, comme
il montait le large escalier de la gare, si
près du retour vers le mauvais gîte, il se

surprenait à dire tout haut : « Mais je
l'aime... je l'aime... » et c'est ainsi qu'il
l'avait appris.

« Tu es là, Jean?... Que fais-tu donc? »
Fanny s'éveille en sursaut, effrayée de
ne pas le sentir à côté d'elle. Il faut venir
l'embrasser, mentir, raconter le bal du

ministère, dire s'il y avait de jolies toi-
lettes et avec qui il a dansé; mais pour
échapper à cette inquisition, surtout aux
caresses qu'il redoute, tout imprégné du
souvenir de l'autre, il invente un travail
pressé, les dessins d'Hettéma.

« Il n'y a plus de feu; tu vas avoir froid.
— Non, non...
— Au moins, laisse la porte ouverte,
que je voie ta lampe... »

Il doit jouer son mensonge jusqu'au

bout, installer la table, les épures; puis assis, immobile, retenant son souffle, il songe, il se rappelle, et, pour fixer son rêve, le raconte à Césaire dans une longue lettre, pendant que le vent de la nuit remue les branches qui craquent sans un froissement de feuilles, que les trains se succèdent en grondant et que La Balue, troublé par la lumière, s'agite dans sa petite cage, sautille d'un perchoir à l'autre, avec des cris hésitants.

Il dit tout, la rencontre dans les bois, le wagon, son émotion singulière à l'entrée de ces salons qu'il avait vus si lugubres et tragiques le jour de la consultation, des chuchotements furtifs dans les portes, de tristes regards échangés de chaise à chaise, et qui, ce soir, s'ouvraient animés et bruyants en une longue enfilade lumineuse. Bouchereau lui-même n'avait plus sa physionomie dure, cet œil noir, fouilleur et déconcertant sous ses gros sourcils d'étoupe, mais une expression reposée et paternelle de bonhomme qui consent à ce que l'on s'amuse chez lui.

« Tout à coup elle est venue vers moi, et je n'ai plus rien vu... Mon ami, elle s'appelle Irène, elle est jolie, l'air bon, les cheveux de ce brun doré des Anglaises, un bouche d'enfant toujours prête à rire... Oh! pas ce rire sans gaieté, qui agace chez tant de femmes; une vraie expansion de jeunesse et de bonheur... Elle est née à Londres; mais son père était Français et elle n'a pas d'accent du tout, seulement une adorable façon de prononcer certains mots, de dire « unclé » qui chaque fois met une caresse dans les yeux du vieux Bouchereau. Il l'a prise avec lui pour soulager la famille de son frère qui est nombreuse, et remplacer la sœur d'Irène, l'aînée, mariée depuis deux ans à son chef de clinique. Mais elle, voilà, les médecins ne lui vont guère... Comme elle m'a amusé avec la bêtise de ce jeune savant exigeant de sa fiancée, sur toute chose, un engagement formel et solennel de léguer leurs deux corps à la Société d'anthropologie !... Elle, c'est un oiseau voyageur. Elle aime les bateaux, la mer; la vue d'un beaupré tourné au large lui prend le cœur... Elle me disait tout cela librement, en camarade, bien *miss* d'allures, malgré sa grâce parisienne, et je l'écoutais ravi de sa voix, de son rire, de la conformité de nos goûts, d'une certitude intime que le bonheur de ma vie était

là, à côté de ma main, et que je n'avais qu'à le saisir, l'emporter loin, bien loin, où m'enverrait la carrière aventureuse... »

« Viens donc te coucher, m'ami... »

Il tressaute, s'arrête, cache instinctivement la lettre qu'il est en train d'écrire : « Tout à l'heure... Dors, dors... »

Il lui parle avec colère, et, le dos tendu, écoute le sommeil revenir dans cette respiration de femme, car ils sont très près l'un de l'autre, et si loin !

« ... Quoi qu'il arrive, ce sera la délivrance que cette rencontre et cet amour. Tu connais ma vie; tu as compris, sans que nous en parlions jamais, qu'elle est la même qu'autrefois, que je n'ai pas pu m'affranchir. Mais ce que tu ne sais pas, c'est que j'étais prêt à sacrifier fortune, avenir, tout, à cette habitude fatale où je m'enlisais un peu plus chaque jour. Maintenant, j'ai trouvé le ressort, le point d'appui, qui me manquait; et pour ne plus laisser de recours à ma faiblesse, je me suis juré de ne retourner-là bas que libre et séparé... A demain l'évasion... »

Ce ne fut ni le lendemain, ni le jour suivant. Il fallait un moyen pour s'évader, un prétexte, le dénouement d'une querelle où l'on crie : « Je m'en vais, » pour ne plus revenir; et Fanny se montrait douce et gaie comme aux premiers temps illusionnés du ménage.

Écrire « C'est fini » sans plus d'explications?... Mais cette violente ne se résignerait pas ainsi, le relancerait, s'acharnerait jusqu'à la porte de son hôtel, de son bureau. Non, mieux vaudrait l'attaquer de face, la convaincre de l'irrévocable, du définitif de cette rupture, et sans colère comme sans pitié lui en énumérer les causes.

Mais avec ces réflexions, une peur lui revint du suicide d'Alice Doré. Il y avait devant chez eux, de l'autre côté du pavé, une ruelle en pente conduisant à la voie et fermée d'une barrière; les voisins prenaient par là, les jours de presse, pour suivre les rails jusqu'à la gare. Et l'imagination du Méridional voyait, après leur scène de rupture, sa maîtresse s'échapper sur la route, joindre la traverse, se jeter sous les roues du train qui l'emportait. Cette crainte l'obsédait au point que la seule pensée de cette barrière battante, entre deux murs chargés de lierre, lui faisait reculer l'explication.

Encore s'il avait eu là un ami, quelqu'un pour la garder, l'assister à cette première crise ; mais, terrés dans leur cottage comme des marmottes, ils ne connaissaient personne, et ce n'était pas les Hettéma, ces monstrueux égoïstes, luisants et noyés de graisse, bestialisés encore par l'approche de leur hivernage d'Esquimaux, que la malheureuse aurait pu appeler au secours de son désespoir et de son abandon.

Il fallait rompre pourtant, et rompre vite. Malgré sa promesse à lui-même, Jean était retourné deux fois ou trois place Vendôme, de plus en plus épris ; et quoi qu'il n'eût rien dit encore, l'accueil à bras ouverts du vieux Bouchereau, l'attitude d'Irène où se mêlaient dans la réserve une tendresse, une indulgence, et comme l'attente émue de la déclaration, tout l'avertissait de ne plus tarder. Puis le supplice de mentir, les prétextes qu'il inventait pour Fanny, et l'espèce de sacrilège d'aller des baisers de Sapho à la cour discrète, balbutiante...

XI

Au milieu de ces alternatives, il trouvait au ministère, sur sa table, la carte d'un monsieur venu déjà deux fois dans la matinée, disait l'huissier avec un certain respect de la nomenclature suivante :

L'oncle Césaire à Paris !... Le Fénat délégué, membre d'un comité de vigilance !... Sa stupeur durait encore, quand l'oncle parut, toujours brun comme une pomme de pin, ses yeux fous, son rire au coin des tempes, sa barbe du temps de la Ligue, .

mais au lieu de l'éternelle veste de futaine à côtes, une redingote en drap neuf bridant sur le ventre et donnant au petit homme une majesté vraiment présidentielle.

Ce qui l'amenait à Paris ? L'achat d'une machine élévatoire pour l'immersion de ses nouvelles vignes — il prononçait le mot « élévatoire » avec une conviction qui le grandissait à ses propres yeux, — puis la commande de son buste que ses collègues lui demandaient pour orner la salle du conseil.

« Tu as vu, ajouta-t-il d'un air modeste, ils m'ont nommé président... Mon idée de submersion bouleverse le Midi... Et dire que c'est moi, le Fénat, qui suis en train de sauver les vins de France !... Il n'y a que les toqués, vois-tu. »

Mais le but principal de son voyage, c'était la rupture avec Fanny. Comprenant que l'affaire traînait en longueur, il venait donner un coup de main. « Je m'y connais, tu penses... Quand Courbebaisse a lâché la sienne pour se marier... » Avant d'attaquer son histoire, il s'arrêta et, déboutonnant sa redingote, il en tira un petit portefeuille rondement tendu :

« D'abord, débarrasse-moi de ceci... Bé oui ! l'argent, la libération du territoire... » Il se trompa au geste de son neveu, comprit qu'il refusait par discrétion : « Prends donc ! prends donc !... C'est ma fierté de pouvoir rendre au fils un peu de ce que le père a fait pour moi... D'ailleurs, Divonne le veut ainsi. Elle est au courant de l'affaire, et si contente que tu penses à te marier, à secouer ton vieux crampon ! »

Dans la bouche de Césaire, après le service que sa maîtresse lui avait rendu, Jean trouva « vieux crampon » un peu injuste, et c'est avec une pointe d'amertume qu'il répondit :

« Reprenez votre portefeuille, mon oncle... vous savez mieux que personne combien ces questions sont indifférentes à Fanny.

— Oui, c'était une bonne fille... » dit l'oncle en oraison funèbre, et il ajouta, clignant sa patte d'oie :

« Garde toujours l'argent... Avec les tentations de Paris, je l'aime mieux entre tes mains que dans les miennes ; et puis il en faut pour les ruptures comme pour les duels... »

Il se leva là-dessus, déclarant qu'il mourait de faim et que cette grosse question se discuterait mieux, la fourchette à la main, en déjeunant. Toujours la légèreté gouailleuse du Méridional à traiter les affaires de femme.

« Entre nous, petit... » — Ils étaient attablés dans un restaurant de la rue de Bourgogne, et l'oncle s'épanouissait, la serviette au menton, tandis que Jean grignotait du bout des dents, l'estomac serré — « ... je trouve que tu prends la chose trop au tragique. Je sais bien que le premier coup est dur, l'explication ennuyeuse; mais, si cela te coûte trop, ne dis rien, fais comme Courbebaisse. Jusqu'au matin du mariage, la Mornas a tout ignoré. Le soir, en sortant de chez sa future, il allait chercher la chanteuse à son beuglant, et la reconduisait chez elle. Tu me diras que ça n'est pas très

régulier ni bien loyal non plus. Mais quand on n'aime pas les scènes, et avec des femmes terribles comme Paola Mornas !... Il y avait près de dix ans que ce grand beau garçon tremblait devant cette petite moricaude. Pour le décrochage, il fallait ruser, manœuvrer... » Et voici comment il s'y était pris.

La veille du mariage, un Quinze Août, le jour de la fête, Césaire proposa à la petite d'aller pêcher une friture dans l'Yette. Courbebaisse devait venir les rejoindre pour dîner; et l'on s'en retournerait tous trois le lendemain soir, quand Paris aurait évaporé son odeur de poussière, de carcasses de fusées et d'huile à lampions. Ça va. Les voilà tous deux étendus dans l'herbe au bord de cette petite rivière, qui frétille et luit entre ses berges basses, fait les prairies si vertes et les saules si feuillus. Après la pêche, le bain. Ce n'était pas la première

fois qu'il leur arrivait de nager ensemble, Paola et lui, en bons garçons, en camarades; mais ce jour-là, cette petite Mornas, les bras, les jambes nues, son corps de maugrabine fait au moule, que la mouillure du costume plaquait de partout... peut-être aussi l'idée que Courbebaisse lui avait donné carte blanche... Ah! la mâtine... Elle se retourna, le regarda dans les yeux, durement :

« Vous savez, Césaire, n'y revenez plus. »

Il n'insista pas, de peur de gâter son affaire, et se dit : « Ce sera pour après dîner. »

Très gai le dîner, sur le balcon en bois de l'auberge, entre les deux drapeaux que le patron avait arborés en l'honneur du Quinze Août. Il faisait chaud, les foins sentaient bon, et l'on entendait les tambours, les pétards, la musique de l'orphéon qui courait les rues.

« Est-il embêtant, ce Courbebaisse, de n'arriver que demain, » disait la Mornas qui s'étirait, les bras avec un coup de champagne dans les yeux... « j'aie envie de m'amuser, moi, ce soir.

— Et moi, donc ! »

Il était venu s'appuyer à côté d'elle, sur la rampe du balcon, encore brûlante du soleil de la journée, et sournoisement, en sondeur, il passait le bras autour de sa taille : « Oh ! Paola... Paola... » Cette fois, au lieu de se fâcher, la chanteuse se mit à rire, mais si fort, de si bon cœur qu'il finit par en faire autant. Même tentative repoussée de la même façon, le soir, en rentrant de la fête où ils avaient dansé, tiré des macarons; et comme leurs chambres étaient voisines, elle lui chantait à travers la cloison : *T'es trop p'tit, t'es trop p'tit...* avec toutes sortes de comparaisons désobligeantes entre lui et Courbebaisse. Il se tenait pour ne pas lui répondre, l'appeler la veuve Mornas; mais c'était encore trop tôt. Le lendemain, par exemple, en s'installant devant un bon déjeuner, pendant que Paola s'impatientait et s'inquiétait, à la fin, de ne pas voir arriver son homme, ce fut avec une certaine satisfaction qu'il tira sa montre et dit solennellement :

« Midi, c'est fait...

— Quoi donc ?

— Il est marié.

— Qui?

— Courbebaisse. »

Vlan !

« Ah ! mon ami, quelle gifle... Dans toutes mes aventures galantes, je n'ai jamais rien reçu de pareil. Et, tout de suite, la voilà qui veut partir... Mais pas de train avant quatre heures... Et pendant ce temps, l'infidèle brûlait les rails du P.-L.-M. vers l'Italie avec sa femme. Alors, dans sa rage, elle repique, m'abîme de coups et de griffes; — cette chance !... moi qui nous avais enfermés à clef; — puis elle s'en prend à la vaisselle et tombe enfin dans une crise de nerfs épouvantable. A cinq, on la porte sur son lit, on la maintient tandis que tout éraflé, comme si je sortais d'un buisson de ronces, je cours pour trouver le médecin d'Orsay... Dans ces affaires-là, c'est comme sur le terrain, il faudrait toujours avoir un médecin avec soi. Me vois-tu, par les routes, à jeun, et un soleil !... Il faisait nuit quand je le ramenai... Tout à coup, en approchant de l'auberge, une rumeur de foule, un rassemblement sous les fenêtres... Ah! mon Dieu, elle s'est suicidée? Elle a tué quelqu'un? Avec la Mornas, c'était plus vraisemblable... Je me précipite, et qu'est-ce que je vois?... Le balcon chargé de lanternes vénitiennes et la chanteuse debout, consolée et superbe, enroulée dans un des drapeaux et gueulant la *Marseillaise*, en pleine fête impériale, au-dessus du peuple qui acclamait.

« Et voilà, mon petit, comment s'est terminée la liaison de Courbebaisse; je ne te dirai pas que tout a été fini d'une fois. Après dix ans de fers, il faut toujours compter un peu de surveillance. Mais enfin, le plus fort s'était passé sur moi; et j'en recevrai bien autant de la tienne, si tu veux.

— Ah! mon oncle, ce n'est pas le même genre de femme.

— Va donc, » dit Césaire décachetant une boîte de cigares qu'il approchait de son oreille pour s'assurer s'ils étaient secs, « tu n'es pas le premier qui la quitte...

— C'est pourtant vrai... »

Et Jean se rattrapait avec bonheur à ce mot qui l'eût navré quelques mois auparavant. Au fond, l'oncle et son histoire comique le rassuraient un peu, mais ce qu'il n'admettait pas, c'était le mensonge en partie double pendant des mois, cette hypocrisie, ce partage; il ne pourrait jamais s'y résoudre et n'avait que trop attendu.

« Alors, comment veux-tu faire?... »

Pendant que le jeune homme se débattait dans ces incertitudes, le membre du conseil de vigilance lissait sa barbe, essayait des sourires, des effets, des ports de tête, puis d'un air négligent :

« C'est loin d'ici qu'il demeure?

— Qui donc?

— Mais cet artiste, ce Caoudal, dont tu m'as parlé pour mon buste... On pourrait aller voir ses prix, pendant qu'on est ensemble... »

Caoudal, bien que célèbre, grand mangeur d'argent, occupait toujours rue d'Assas l'atelier de ses premiers succès. Césaire, tout en allant, s'informait de sa valeur artistique; il y mettrait le prix, certainement, mais ces messieurs du comité tenaient à une œuvre de premier ordre.

« Oh! ne craignez rien, mon oncle, si Caoudal veut bien s'en charger... » Et il lui énumérait les titres du sculpteur, membre de l'Institut, commandeur de la Légion d'honneur et d'une foule d'ordres étrangers. Le Fénat ouvrait de grands yeux.

« Et vous êtes amis?

— Très amis.

— Ce Paris, pas moins!... comme on y fait de belles connaissances. »

Gaussin aurait eu pourtant quelque honte à avouer que Caoudal était un ancien amant de Fanny, et qu'elle les avait mis en relation. Mais on eût dit que Césaire y pensait :

« C'est lui, l'auteur de cette Sapho que nous avons à Castelet?... Alors il connaît ta maîtresse, et pourrait t'aider peut-être à la rupture. L'Institut, la Légion d'honneur, ça impressionne toujours une femme. »

Jean ne répondit pas, songeant aussi peut-être à utiliser l'influence du premier amant.

Et l'oncle continuait d'un bon rire :

« A propos, tu sais, le bronze n'est plus chez ton père... Quand Divonne a su, quand j'ai eu le malheur de lui dire que ça représentait ta maîtresse, elle n'a plus voulu qu'il fût là... Avec les manies du consul, ses difficultés au moindre changement, ce n'était pas commode, surtout sans laisser soupçonner le motif... Oh! les femmes... Elle a si bien manœuvré qu'à cette heure M. Thiers préside sur la cheminée de ton père, et la pauvre Sapho, se ronge de poussière dans la chambre du vent, avec les vieux chenets et les meubles hors d'usage; même qu'elle a reçu un atout dans le transport, le chignon cassé et sa lyre qui ne tient plus. La rancune de Divonne, sans doute, qui lui a porté malheur. »

Ils arrivaient rue d'Assas. Devant l'aspect modeste et travailleur de cette cité d'artistes, ces ateliers aux portes de remises numérotées, s'ouvrant de chaque côté d'une longue cour que terminent les bâtiments vulgaires d'une école communale aux perpétuelles mélopées de lecture, le président des submersionnistes eut de nouveaux doutes sur le talent d'un homme aussi médiocrement logé; mais sitôt entré chez Caoudal, il sut à quoi s'en tenir :

« Pas pour cent mille francs, pas pour un million!... » hurlait le sculpteur au premier mot de Gaussin; et soulevant à mesure son grand corps du divan où il s'allongeait dans le désordre et l'abandon de son atelier : « Un buste!... Ah bien! oui!... mais regardez donc là-bas cet écrasement de plâtre en mille miettes... ma figure du prochain Salon que je viens de démolir à coups de maillet... Voilà le cas que j'en fais, de la sculpture, et si tentante que soit la binette de monsieur...

— Gaussin d'Armandy... président... »

L'oncle rassemblait tous ses titres, mais il y en avait trop. Caoudal l'interrompit et, tourné vers le jeune homme :

« Vous me regardez, Gaussin... Vous me trouvez vieilli?... »

C'est vrai qu'il avait bien son âge, dans ce jour tombé d'en haut, sur les balafres, les creux et les meurtrissures de sa tête viveuse et surmenée, sa crinière de lion montrant des râpes de vieux tapis, ses bajoues pendantes et flasques, et sa moustache aux tons de métal dédoré qu'il ne se donnait plus la peine de friser ni de teindre... A quoi bon?... Cousinard, le petit modèle, venait de partir. « Oui, mon cher, avec mon mouleur, un sauvage, une brute, mais vingt ans!... »

L'intonation rageuse et ironique, il arpentait l'atelier, bousculant d'un coup de botte l'escabeau qui le gênait au passage. Tout à coup, arrêté devant le miroir enguirlandé de cuivre au-dessus du divan, il se regardait avec une affreuse grimace : «Suis-je assez laid, assez démoli! en voilà des cordes, des fanons de vieille vache!... » Il prenait son cou à poignée, puis dans un accent lamentable et comique, une prévoyance de vieux beau qui se pleure : « Et dire que je regretterai ça, l'an prochain!... »

L'oncle restait effaré. Cet académicien

— Tenez, la voilà !... Est-elle jolie, la coquine !...(Page 93.)

qui se tirait la langue, racontait ses basses
amours ! Il y avait donc des toqués partout, même à l'Institut; et son admiration pour le grand homme s'amoindrissait
de la sympathie qu'il ressentait pour ses
faiblesses.

« Comment va Fanny?... Etes-vous
toujours à Chaville?... » fit Caoudal subitement apaisé et venant s'asseoir à côté
de Gaussin dont il tapotait familièrement
l'épaule.

« Ah ! la pauvre Fanny, nous n'avons
plus longtemps à vivre ensemble...

— Vous partez?

— Oui, bientôt... et je me marie avant...
Il faut que je la quitte. »

Le sculpteur eut un rire féroce :

« Bravo ! Je suis content... Venge-nous
mon petit, venge-nous de ces coquines-là.
Lâche-les, trompe-les et qu'elles pleurent,
les misérables ! Tu ne leur feras jamais autant de mal qu'elles en ont fait aux autres. »

L'oncle Césaire triomphait :

« Tu vois, monsieur ne prend pas les
choses aussi tragiquement que toi... Com-
prenez-vous cet innocent... ce qui le re-
tient de s'en aller, c'est la peur qu'elle se
tue ! »

Jean avoua très simplement l'impression
que lui avait faite le suicide d'Alice Doré.

« Mais ce n'est pas la même chose, » dit
Caoudal vivement... « Celle-là, c'était une
triste, une molle aux mains tombantes...
une pauvre poupée qui manquait de son...
Déchelette a eu tort de croire qu'elle mourait pour lui... Un suicide par fatigue et
ennui de vivre. Tandis que Sapho... ah !
ouiche, se tuer... Elle aime bien trop l'a-
mour et brûlera jusqu'au bout, jusqu'aux
bobèches. Elle est de la race des jeunes
premiers qui ne changent jamais de rôle,
et finissent sans dents, sans cils, dans leur
peau de jeunes premiers... Regardez-moi
donc... Est-ce que je me tue?... J'ai beau
avoir du chagrin, je sais bien que, celle-là
partie, j'en prendrai une autre, qu'il m'en
faudra toujours... Votre maîtresse fera
comme moi, comme elle a déjà fait... Seulement, elle n'est plus jeune, et ce sera plus
difficile. »

L'oncle continuait à triompher : « Te
voilà rassuré, hein? »

Jean ne disait rien, mais ses scrupules
étaient vaincus et sa résolution bien prise.
Ils partaient, quand le sculpteur les rappela pour leur montrer une photographie
ramassée sur la poussière de sa table et
qu'il essuyait d'un revers de manche. « Tenez, la voilà !... Est-elle jolie, la coquine...
à se mettre à genoux devant. Ces jambes,
cette gorge ! » Et c'était terrible, le contraste de ces yeux ardents, de cette voix
passionnée avec le tremblement sénile des
gros doigts en spatule où grelottait l'image
souriante, aux charmes capitonnés de fossettes, de Cousinard, le petit modèle.

XII

« C'est toi !... Comme tu viens de bonne
heure !... »

Elle arrivait du fond du jardin, sa robe
pleine de pommes tombées, et montait le
perron très vite, un peu inquiète de la mine
à la fois gênée et volontaire de son amant.

« Qu'y a-t-il donc?

— Rien, rien... c'est ce temps, ce soleil... J'ai voulu profiter du dernier beau jour pour faire un tour en forêt, nous deux... Veux-tu ? »

Elle eut son cri d'enfant de la rue, qui

lui revenait chaque fois qu'elle était contente :

« Oh ! veine... » Plus d'un mois qu'ils n'étaient sortis, bloqués par les pluies, les bourrasques de novembre. On ne s'amusait pas toujours à la campagne ; autant vivre dans l'arche avec les bestiaux de Noé... Elle avait quelques recommandations à faire à la cuisine, à cause des Hettéma qui venaient dîner ; et pendant qu'il l'attendait dehors, sur le Pavé des Gardes,

Jean regardait la petite maison réchauffée de cette lumière douce d'arrière-été, la rue de campagne aux larges dalles moussues, avec cet adieu de nos yeux, étreignant et doué de mémoire, aux endroits que nous allons quitter.

La fenêtre de la salle, grande ouverte, laissait échapper les vocalises du loriot, alternant avec les ordres de Fanny à la femme de service : « Surtout n'oubliez pas, pour six heures et demie... Vous servirez d'abord la pintade... Ah ! que je vous donne du linge... » Sa voix sonnait, claire, heureuse parmi les grésillements de cuisine et les petits cris de l'oiseau s'égosillant au soleil. Et lui qui savait que leur ménage n'avait plus que deux heures à vivre, ces préparatifs de fête lui serraient le cœur.

Il eut envie de rentrer, de tout lui dire, là, d'un coup ; mais il eut peur de ses cris, de la scène épouvantable que le voisinage entendrait, d'un scandale à ameuter le haut et le bas Chaville. Il savait que déchaînée, rien ne comptait plus pour elle, et s'en tint à son idée de la conduire en forêt.

« Voilà... j'y suis... »

Légère, elle prit son bras, l'avertissant de parler bas et de marcher vite en passant devant chez leurs voisins, dans la crainte qu'Olympe voulût les accompagner et gêner leur bonne partie. Elle ne fut tranquille que le pavé franchi et la voûte du chemin de fer, lorsqu'ils eurent tourné à gauche dans le bois.

Il faisait un temps doux, rayonnant, un soleil tamisé d'une brume argentée et flottante, qui baignait toute l'atmosphère, s'accrochait aux taillis où quelques arbres, entre leurs feuilles dorées tenant encore, gardaient des nids de pies, des paquets de gui vert à de grandes hauteurs. On entendait un cri d'oiseau, continu, en bruit de lime, et ces coups de becs sur le bois qui répondent au bûcheron dans les coupes.

Ils allaient lentement, marquant leurs pas sur la terre amollie par les pluies de l'automne. Elle avait chaud d'être venue si vite, les joues allumées, les yeux brillants, s'arrêta pour enlever la grande mantille de blonde, un cadeau de Rosa, dont elle s'était garanti la tête en sortant, le reste fragile et coûteux des splendeurs passées. La robe qu'elle portait, une pauvre robe en soie noire, craquée sous les bras, à la taille, il la lui connaissait depuis trois ans; et quand elle la relevait, en passant devant lui, à cause de quelque flaque, il voyait les talons de ses bottines qui se tournaient.

Comme elle avait pris gaiement cette demi-misère, sans regret ni plainte, occupée de lui, de son bien-être, jamais plus heureuse que lorsqu'elle le frôlait, les deux mains croisées sur son bras. Et Jean se demandait en la regardant toute rajeunie de ce renouveau de soleil et d'amour, quelle poussée de sève il y avait dans une créature pareille, quelle merveilleuse faculté d'oubli et de pardon, pour garder tant de gaieté, d'insouciance, après une vie de passions, de traverses et de larmes, tout cela marqué sur son visage, mais s'effaçant au moindre épanouissement de gaieté.

« C'est un cèpe, je te dis que c'est un cèpe... »

Elle entrait sous bois, enfonçait jusqu'aux genoux dans les feuilles mortes, revenait toute décoiffée et fripée par les ronces, et lui montrait ce petit réseau sur le pied du champignon qui distingue le vrai cèpe du faux : « Tu vois, il a le tulle !... » Et elle triomphait.

Lui n'écoutait pas, distrait, s'interrogeant : « Est-ce le moment?... Faut-il?... » Mais le courage lui manquait, elle riait trop, ou l'endroit n'était pas favorable; et il l'entraînait toujours plus loin, comme un assassin qui médite son coup.

Il allait se décider, quand, au tournant d'une allée, quelqu'un apparut et les dérangea, le garde de ce peuplement, Hochecorne, qu'ils rencontraient quelquefois. Pauvre diable qui avait successivement perdu, dans la petite maison forestière que l'État lui allouait au bord de l'étang, deux enfants, puis sa femme, et toujours les mêmes fièvres pernicieuses. Dès le premier décès, le médecin déclarait le logement insalubre, trop près de l'eau et de ses émanations; et malgré les certificats, les apostilles, on l'avait laissé là deux ans, trois ans, le temps de voir mourir tous les siens, à l'exception d'une petite fille avec qui il venait enfin de s'installer dans un logis neuf à l'entrée du bois.

Hochecorne, face de Breton têtu, aux yeux clairs et courageux, au front fuyant sous sa casquette d'uniforme, vrai type de fidélité, de superstition à toutes les consignes, avait la bricole de son fusil sur une épaule, sur l'autre la tête endormie de son enfant, qu'il portait.

« Comment va-t-elle? » demanda Fanny souriant à cette fillette de quatre ans, pâle et diminuée par la fièvre, qui s'éveillait, ouvrait de grands yeux cerclés de rose. Le garde soupira :

« Pas bien... J'ai beau la mener partout avec moi... voilà qu'elle ne mange plus, qu'elle n'a de goût à rien; faut croire que c'était trop tard quand on a changé d'air et qu'elle avait déjà pris le mal... Elle est si légère, voyez, madame, on dirait une feuille... Un de ces jours elle va fiche le camp comme les autres... Bon Dieu!... »

Ce « bon Dieu ! » tout bas, dans la moustache, c'était toute sa révolte contre la cruauté des bureaux et des paperassiers.

« Elle tremble, on dirait qu'elle a froid.

— C'est la fièvre, madame.

— Attendez, nous allons la réchauffer... » Elle prit la mantille qui pendait sur son bras, en entoura la petite : « Si, si, laissez donc... ce sera son voile de mariée, plus tard... »

Le père eut un sourire navré, et remuant la menotte de l'enfant qui se rendormait, blême dans tout ce blanc comme une petite morte, il lui faisait dire merci à la dame, puis s'éloignait avec un « bon Dieu ! » perdu dans le craquement des branches sous ses pieds.

Fanny n'était plus gaie, serrée contre lui de toute cette tendresse craintive de la femme que son émotion, tristesse ou joie, rapproche de celui qu'elle aime. Jean se disait : « Quelle bonne fille !... » mais sans faiblir dans ses décisions, s'y affermissant au contraire, car sur la pente de l'allée où ils entraient se levait l'image d'Irène, le souvenir du rayonnant sourire rencontré là et qui l'avait pris tout de suite, avant même qu'il en connût le charme profond, la source intime de douceur intelligente. Il songea qu'il avait attendu jusqu'au dernier moment, que c'était jeudi... « Allons, il le faut... » et visant un rond-point à quelque distance, il se le donna comme dernière limite.

Une éclaircie dans une coupe de bois, des arbres couchés au milieu de copeaux, de sanglants débris d'écorce, et des fagots, des trous de charbonnage... Un peu plus bas on voyait l'étang d'où montait une buée blanche, et sur le bord de la petite maison abandonnée, au toit tombant, aux fenêtres cassées, ouvertes, le lazaret des Hochecorne. Après, les bois remontaient vers Vélizy, un grand coteau de toisons rousses, de haute futaie serrée et triste... Il s'arrêta brusquement :

« Si l'on se reposait un peu ? »

Ils s'assirent sur une longue charpente jetée à terre, un ancien chêne dont se comptaient les branches aux blessures de la hache. L'endroit était tiède, égayé d'une pâle réverbération lumineuse, et d'un parfum de violettes perdues.

« Comme il fait bon !... » dit-elle, alanguie sur son épaule et cherchant la place d'un baiser dans son cou. Il se recula un peu, lui prit la main. Alors, devant l'expression subitement durcie de son visage, elle s'effraya :

« Quoi donc ? Qu'y a-t-il ?

— Une mauvaise nouvelle, ma pauvre amie... Hédouin, tu sais, celui qui est parti à ma place... » Il parlait péniblement, avec une voix rauque dont le son l'étonnait lui-même, mais qui se raffermissait vers la fin de l'histoire préparée d'avance... Hédouin tombé malade en arrivant à son poste, et lui, désigné d'office pour aller le remplacer... Il avait trouvé cela facile à dire, moins cruel que la vérité. Elle l'écouta jusqu'au bout sans l'interrompre, la face d'une pâleur grise, l'œil fixe. « Quand pars-tu ? » demanda-t-elle, en retirant sa main.

« Mais ce soir... cette nuit... » Et la voix fausse et dolente, il ajouta : « Je compte passer vingt-quatre heures à Castelet, puis m'embarquer à Marseille...

— Assez, ne mens plus, » cria-t-elle dans une explosion farouche qui la mit debout, « ne mens plus, tu ne sais pas !... Le vrai, c'est que tu te maries... Il y a assez longtemps que ta famille te travaille... Ils ont tellement peur que je te retienne, que je t'empêche d'aller chercher le typhus ou la fièvre jaune... Enfin les voilà satisfaits... La demoiselle à ton goût, il faut croire... Et quand je pense aux nœuds de cravate que je te faisais, le jeudi !... Etais-je assez bête, hein ? »

Elle riait d'un rire douloureux, atroce, qui tordait sa bouche, montrait l'écart que faisait sur le côté la cassure toute récente sans doute, car il ne l'avait pas vue encore, d'une de ses belles dents nacrées dont elle était si fière ; et cela, cette dent manquante dans cette figure terreuse, creusée, bouleversée, fit à Gaussin une peine horrible.

« Ecoute-moi, » dit-il la reprenant, l'asseyant de force contre lui... « Eh bien, oui, je me marie... Mon père y tenait, tu sais bien ; mais qu'est-ce que cela peut te faire puisque je dois partir ?... »

Elle se dégagea, voulant garder sa colère :

« Et c'est pour m'apprendre ça que tu m'as fait faire une lieue à travers bois... Tu t'es dit : Au moins on ne l'entendra pas, si elle crie... Non, tu vois... pas un éclat, pas une larme. D'abord, j'en ai plein le dos du joli garçon que tu es... tu peux t'en aller, ce n'est pas moi qui te ferai revenir... Sauve-toi donc dans les îles avec ta femme, ta petite, comme on dit chez toi... Elle doit être propre, la petite... laide comme un gorille, ou alors enceinte à pleine ceinture... Car tu es aussi jobard que ceux qui te l'ont choisie. »

Elle ne se retenait plus, lancée dans un débordement d'injures, d'infamies, jusqu'à ne pouvoir bégayer à la fin que des mots « lâche... menteur... lâche... » sous son nez, en provocation, comme on montre le poing.

C'était au tour de Jean de l'écouter sans rien dire, sans aucun effort pour l'arrêter. Il l'aimait mieux ainsi, insultante, ignoble, la vraie fille du père Legrand ; la séparation serait moins cruelle... En eut-elle conscience ? Mais elle se tut tout à coup, tomba, la tête et le buste en avant, dans les genoux de son amant, avec un grand sanglot qui la secouait toute, et d'où sortait une plainte entrecoupée : « Pardon, grâce... je t'aime, je n'ai que toi... Mon amour, ma vie, ne fais pas ça... ne me laisse pas... qu'est-ce que tu veux que je devienne ? »

L'émotion le gagnait... Oh ! voilà ce qu'il avait redouté. Les larmes montaient d'elle à lui, et il renversait la tête en arrière pour les garder dans ses yeux débordants, essayant de l'apaiser par des mots bêtes, et toujours cet argument raisonnable : « Mais puisque je devais partir... »

Elle se redressa avec ce cri qui dévoilait tout son espoir :

« Eh ! tu ne serais pas parti. Je t'aurais dit : Attends, laisse-toi aimer encore... Crois-tu que cela se retrouve deux fois

Elle tomba, la tête et le buste en avant, dans les genoux de son amant.
(Page 96.)

d'être aimé comme je t'aime?... Tu as le temps de te marier, tu es si jeune... moi, bientôt, je serai finie... je ne pourrai plus, et alors nous nous quitterons naturellement. »

Il voulut se lever; il eut ce courage, et de lui dire que tout ce qu'elle faisait était inutile; mais s'accrochant à lui, se traînant agenouillée dans la boue restée à ce creux de vallon, elle le forçait à reprendre sa place, et devant lui, dans ses jambes, avec le souffle de ses lèvres, la voluptueuse étreinte de ses yeux, et des caresses enfantines, les mains à plat sur cette figure qui se raidissait, les doigts dans ses cheveux, dans sa bouche, elle essayait de tisonner les cendres froides de leur amour, lui redisait tout bas les délices passées, les réveils sans force, l'enlacement anéanti de leurs après-midi du dimanche. Tout cela n'était rien auprès de ce qu'elle lui donnerait encore; elle savait d'autres baisers, d'autres ivresses, elle en inventerait pour lui...

Et pendant qu'elle lui chuchotait de ces mots comme les hommes en entendent à la porte des bouges, elle avait de grosses larmes ruisselant sur une expression d'agonie et de terreur, se débattait, criait d'une voix de rêve : « Oh ! que ça ne soit pas... dis que ce n'est pas vrai que tu me quittes... » Et des sanglots encore, des gémissements, des appels au secours, comme si elle lui voyait un couteau dans les mains.

Le bourreau n'était guère plus vaillant que la victime. Sa colère, il ne la craignait pas plus que ses caresses; mais il restait sans défense contre ce désespoir, cette bramée qui remplissait le bois, allait s'éteindre sur l'eau morte et fiévreuse où descendait un triste soleil rouge... Il pensait bien souffrir, mais pas à cette acuité; et il lui fallait tout l'éblouissement du nouvel amour pour résister à la relever des deux mains, lui dire : « Je reste, tais-toi, je reste... »

Depuis combien de temps s'épuisaient-ils ainsi tous deux?... Le soleil n'était plus qu'une barre toujours plus étroite au couchant; l'étang se teignait d'un gris d'ardoise, et l'on eût dit que sa vapeur malsaine envahissait la lande et le bois, les coteaux en face. Dans l'ombre qui les gagnait, il ne voyait plus que cette figure pâle, levée vers lui, cette bouche ouverte, calmant d'une intarissable plainte. Un peu après, la nuit venue, les cris s'apaisèrent. Maintenant, c'était un bruit de larmes

à flots, sans fin, une de ces longues pluies installées sur le grand fracas de l'orage, et de temps en temps un « Oh !... » profond et sourd comme devant quelque chose d'horrible qu'elle chassait et revoyait toujours.

Puis, plus rien. C'est fini, la bête est morte... Une bise froide se lève, froisse les

branches, apportant l'écho d'une heure lointaine.

« Allons, viens, ne reste pas là. »

Il la soulève doucement, la sent molle dans ses mains, obéissante comme un enfant et convulsionnée de gros soupirs. Il semble qu'elle garde une peur, un respect de l'homme qui vient de se montrer si fort. Elle marche à côté de lui, de son pas, mais timidement, sans lui donner le bras; et à les voir ainsi, chancelants et mornes, par les allées où les guide le reflet jaune du terrain, on dirait un couple de paysans, qui rentre harassé d'une longue fatigue en plein air.

A la lisière, une lueur apparaît, la porte ouverte d'Hochecorne, éclairant la silhouette arrêtée de deux hommes : « Est-ce vous, Gaussin? » demande la voix d'Hettéma, qui s'approche avec le garde. Ils commençaient à être inquiets de ne pas les voir revenir, et de ces gémissements qu'on entendait à travers bois. Hochecorne allait prendre son fusil, se mettre à leur recherche...

« Bonsoir, monsieur, madame... C'est la petite qui est contente de son châle... A fallu que je la couche avec... »

Leur dernière action en commun, cette charité de tout à l'heure, leurs mains une dernière fois liées autour de ce petit corps moribond.

« Adieu, adieu, père Hochecorne. » Et ils se hâtent tous trois vers la maison, Hettéma toujours très intrigué de ces clameurs qui remplissaient le bois. « Ça montait, descendait, on aurait dit une bête qu'on égorge... Mais comment n'avez-vous rien entendu? »

Ni l'un ni l'autre ne répondent.

Au coin du Pavé des Gardes, Jean hésite.

« Reste dîner... » lui dit-elle tout bas, suppliante... « Ton train est passé... tu prendras celui de neuf heures. »

Il rentre avec eux. Que peut-il craindre? On ne recommence pas deux fois une scène pareille, et c'est bien le moins qu'il lui donne cette petite consolation.

La salle est chaude, la lampe éclaire bien, et le bruit de leurs pas dans la traverse a prévenu la servante, qui apporte la soupe sur la table.

« Enfin, vous voilà !... » dit Olympe déjà installée, la serviette remontée sous ses bras courts. Elle découvre la soupière et s'arrête tout à coup avec un cri : « Mon Dieu, ma chère !... »

Hâve, de dix ans plus vieille, les paupières gonflées et sanglantes, de la boue sur sa robe, jusque dans ses cheveux, le désordre effaré d'une pierreuse qui sort d'une chasse de police, c'est Fanny. Elle respire un moment, ses pauvres yeux brûlés clignotent à la lumière, et peu à peu la chaleur de la petite maison, cette table gaiement servie, provoquent le souvenir des bons jours, un nouveau rappel de larmes où se distinguent ces mots :

« Il me quitte... Il se marie. »

Hettéma, sa femme, la paysanne qui les sert se regardent, regardent Gaussin. « Enfin, dînons toujours », dit le gros homme qu'on sent furieux; et le bruit des cuillerées voraces se mêle à un ruissellement d'eau dans la chambre voisine, où Fanny est en train d'éponger son visage. Quand elle revient toute bleuie de poudre, en blanc peignoir de laine, les Hettéma l'épient avec angoisse, s'attendant à quelque nouvelle explosion, et sont très étonnés de la voir, sans un mot, se jeter sur les plats gloutonnement, comme un naufragé, combler le creusement de son chagrin et le gouffre de ses cris de tout ce qu'elle trouve à portée, le pain, les choux, une aile de pintade, des pommes. Elle mange, elle mange...

On cause d'abord d'un air contraint, puis plus librement, et comme avec les Hettéma ce n'est que de choses bien plates et matérielles, la façon d'accommoder les crêpes aux confitures, ou si le crin vaut mieux que la plume pour dormir, on arrive sans encombre au café, que le gros ménage agrémente d'un petit caramel savouré lentement, les coudes sur la table.

C'est plaisir de voir le bon regard confiant et tranquille qu'échangent ces lourds compagnons de crèche et de litière. Ils n'ont pas envie de se quitter, ceux-là. Jean surprend ce regard et, dans l'intimité de la salle pleine de souvenirs, d'habitudes tapies à tous les coins, une torpeur de fatigue, de digestion, de bien-être l'envahit. Fanny qui le surveille a rapproché doucement sa chaise, coulé ses jambes, glissé son bras sous le sien.

« Ecoute, dit-il brusquement... Neuf heures... vite, adieu... Je t'écrirai. »

Il est debout, dehors, la rue franchie, tâte dans l'ombre pour ouvrir la barrière du passage. Deux bras l'étreignent à plein corps : « Embrasse-moi au moins... »

Il se sent pris sous le peignoir ouvert où elle est nue, pénétré de cette odeur, de cette chaleur de chair de femme, bouleversé de ce baiser d'adieu qui lui laisse dans la bouche un goût de fièvre et de larmes; et elle, tout bas, le sentant faible : « Encore une nuit, plus qu'une... »

Un signal sur la voie... C'est le train !...

Comment eut-il la force de se dégager, de bondir jusqu'à la gare dont les fanaux

Deux bras l'étreignent à plein corps : « Embrasse-moi au moins... » (Page 100.)

luisaient à travers les branches défeuillées?
Il s'en étonnait encore, tout haletant dans
un coin de wagon, guettant par la portière
les fenêtres allumées de la maisonnette,
une forme blanche contre la barrière...
« Adieu! adieu!... » Et ce cri rassurait la
terreur silencieuse qu'il venait d'avoir à ce
tournant des rails, en apercevant sa maîtresse à la place occupée par son rêve de
mort.

La tête dehors, il voyait fuir et diminuer
et rouler dans le pelotonnement des terrains leur petit pavillon, dont la lueur
n'était plus qu'une étoile égarée. Tout à
coup il sentit une joie, un soulagement
énormes. Comme on respirait, que c'était
beau toute cette vallée de Meudon et ces
grands coteaux noirs dégageant au loin
un triangle étincelant d'innombrables lumières, égrenées vers la Seine en cordons
réguliers! Irène l'attendait là, et il allait
à elle de toute la vitesse du train, de tout
son désir d'amoureux, de tout son élan
vers l'honnête et jeune vie...

Paris!... Il arrêtait une voiture pour se
faire conduire place Vendôme. Mais, sous
le gaz, il aperçut ses vêtements, ses souliers couverts de boue, une boue lourde,
épaisse, tout son passé qui le tenait encore
pesamment et salement. « Oh! non, pas ce
soir... » Et il rentra à son ancien hôtel, rue
Jacob, où le Fénat lui avait retenu une
chambre près de la sienne.

les vêtements, là tes papiers, tes livres...
Il ne manque que tes lettres; elle m'a sup-
plié de les lui laisser encore pour les relire,
avoir quelque chose de toi... J'ai pensé que
ça n'offrait pas de danger... C'est une si
bonne fille... »

Il souffla longuement, assis sur la malle
et s'épongeant le front avec son mouchoir
de soie écrue, large comme une serviette.
Jean n'osait demander des détails, dans

<h3 style="text-align:center">XIII</h3>

Le lendemain, Césaire, qui s'était chargé
de la commission délicate d'aller à Chaville reprendre les effets, les livres de son
neveu, consommer la rupture par le déménagement, revint fort tard, alors que Gaussin commençait à se fatiguer de toutes
sortes de suppositions folles ou sinistres.
Enfin un fiacre à galerie, lourd comme un
corbillard, tourna le coin de la rue Jacob,
chargé de caisses ficelées et d'une énorme
malle qu'il reconnut pour la sienne, et
l'oncle rentra mystérieux et navré :

« J'ai été long, pour ramasser le tout en
une fois et n'être pas obligé d'y revenir... »
Puis, montrant les colis que deux garçons
rangeaient par la chambre : « Ici le linge,

quelles dispositions il l'avait trouvée;
l'autre n'en donnait pas, de peur de l'attrister. Et ils remplirent ce silence, difficile,
gros de choses inexprimées, par des re-
marques sur le temps changé brusquement
depuis la veille, tourné au froid, sur l'aspect lamentable de cette banlieue de Paris déserte et dénudée, plantée de chemi-
nées d'usines et de ces énormes cylindres
de fonte, réservoirs des maraichers. Puis au
bout d'un moment :

« Elle ne vous a rien donné pour moi,
mon oncle?

— Non... tu peux être tranquille... Elle
ne t'embêtera pas, elle a pris son parti avec

beaucoup de résolution et de dignité... »

Pourquoi Jean vit-il dans ce peu de mots une intention de blâme, un reproche de sa rigueur?

« C'est égal, corvée pour corvée, » reprenait l'oncle, « j'aimais mieux encore les griffes de la Mornas que le désespoir de cette malheureuse.

— Elle a beaucoup pleuré?

— Ah! mon ami... Et si bien, d'un tel cœur, que je sanglotais moi-même en face d'elle sans la force de... » Il s'ébroua, secoua son émotion d'un coup de tête de vieille chèvre : « Enfin, que veux-tu? ce n'est pas ta faute... tu ne pouvais passer toute ta vie là... Les choses sont très convenablement faites, tu lui laisses de l'argent, un mobilier... Et maintenant, vogue les amours ! Tâche de nous mener ton mariage rondement... Des affaires trop sérieuses pour moi, par exemple... Il faudra que le consul s'en mêle... Moi, je suis pour les liquidations de la main gauche... » Et brusquement repris d'un accès mélancolique, le front à la vitre, regardant le ciel bas qui ruisselait entre les toits :

« C'est égal, le monde devient triste... de mon temps on se séparait plus gaiement que ça. »

Le Fénat parti, suivi de sa machine élévatoire, Jean, privé de cette bonne humeur remuante et bavarde, eut une longue semaine à passer, une impression de vide et de solitude, tout le noir désorientement d'un veuvage. En pareil cas, même sans le regret d'une passion, on cherche son double, il vous manque; car l'existence à deux, la cohabitation de la table et du lit, créent un tissu de liens invisibles et subtils, dont la solidité ne se révèle qu'à la douleur, à l'effort de la brisure. L'influence du contact et de l'habitude est si miraculeusement pénétrante que deux êtres vivant de la même vie en arrivent à se ressembler.

Ses cinq ans de Sapho n'avaient pu le pétrir encore à ce point; mais son corps gardait pourtant les marques de la chaîne, en subissait le lourd entraînement. Et de même que, plusieurs fois, ses pas l'auraient tout seuls dirigé vers Chaville au sortir de son bureau, il lui arrivait le matin de chercher à côté de lui sur l'oreiller les cheveux noirs en nappes lourdes, démordus de leur peigne, où tombait son premier baiser.

Les soirées surtout lui semblaient interminables, dans cette chambre d'hôtel qui lui rappelait les premiers temps de leur liaison, la présence d'une autre maîtresse délicate et silencieuse, dont la petite carte embaumait la glace d'un parfum d'alcôve et du mystère de son nom : Fanny Legrand. Alors il s'en allait se fatiguer, marcher, s'étourdir aux flonflons et aux lumières de quelque petit théâtre, jusqu'au moment où le vieux Bouchereau lui donnait le droit de passer trois soirées par semaine auprès de sa fiancée.

On s'était enfin entendu. Irène l'aimait, *Unclé* voulait bien : ce serait pour les premiers jours d'avril, à la fin du cours. Trois mois d'hiver à se voir, à s'apprendre, se désirer, faire la paraphrase aimante et charmante du premier regard qui lie les âmes et du premier aveu qui les trouble.

Le soir des accordailles, en rentrant chez lui sans la moindre envie de dormir, Jean éprouva le désir de faire sa chambre ordonnée et laborieuse, par cet instinct naturel de mettre notre vie en rapport avec nos idées. Il installa sa table et ses livres non encore déficelés, tassés au fond d'une de ces caisses faites à la hâte, les codes entre une pile de mouchoirs et une vareuse de jardin.

De l'entre-bâillement d'un dictionnaire de Droit commercial, le plus fréquemment feuilleté, tombait alors une lettre sans enveloppe, à l'écriture de la maîtresse.

Fanny l'avait confiée au hasard de travaux futurs, se méfiant de l'attendrissement trop court de Césaire, pensant qu'elle arriverait plus sûrement ainsi. Il se défendait d'abord de l'ouvrir, mais cédait aux premiers mots bien doux, bien raisonnables, dont l'agitation se sentait seulement au tremblé de la plume, à l'inégale conduite des lignes. Elle ne demandait qu'une grâce, une seule, qu'il revînt de temps à autre. Elle ne dirait rien, ne reprocherait rien, ni le mariage, ni cette séparation qu'elle savait absolue et définitive. Mais le voir !...

« Songe que c'est pour moi un coup terrible et si inattendu, si brusque... Je suis comme après une mort ou un incendie, ne sachant à quoi me prendre. Je pleure, j'attends, je regarde la place de mon bonheur. Il n'y aurait que toi pour m'acclimater à cette situation nouvelle... C'est une charité viens me voir, que je ne me sente pas si seule... j'ai peur de moi... »

Ces plaintes, ce suppliant appel couraient tout le long de la lettre, se reprenaient chaque fois au même mot : « Viens, viens... » Il pouvait se croire dans la clairière au milieu des bois avec Fanny à ses pieds, et sous la cendre violette du soir, cette pauvre figure levée vers lui, toute fripée et molle de larmes, cette bouche ouverte qui s'emplissait d'ombre à crier. C'est cela qui le poursuivit toute la nuit, cela qui troubla son sommeil, et non l'heureuse ivresse qu'il avait rapportée de làbas. C'est cette figure vieillie, flétrie, qu'il revoyait, malgré tous ses efforts pour mettre entre lui et elle le visage aux purs contours, à la pulpe d'œillet en fleur, que l'aveu de l'amour teintait de petites flammes roses sous les yeux.

Cette lettre avait huit jours de date ; huit jours que la malheureuse attendait un mot, ou une visite, l'encouragement à la résignation qu'elle demandait. Mais comment n'avait-elle pas récrit depuis? Peut-être était-elle malade ; et d'anciennes craintes lui revenaient. Il pensa qu'Hettéma pourrait lui donner des nouvelles, et, confiant dans la régularité de ses habitudes, alla l'attendre devant le Comité d'artillerie.

Le dernier coup de dix heures sonnait à Saint-Thomas-d'Aquin lorsque le gros homme tourna le coin de la petite place, le collet retroussé, la pipe aux dents, qu'il tenait à deux mains pour se chauffer les doigts. Jean le regardait venir de loin, très ému de tout ce qu'il lui rappelait ; mais Hettéma l'accueillit d'un mouvement d'humeur à peine contraint. « Vous voilà !... Je ne sais pas si nous vous avons maudit cette semaine !... nous qui sommes allés à la campagne pour vivre au calme... »

Et sur la porte, en finissant sa pipe, il lui raconta que le dimanche précédent ils avaient invité Fanny à dîner chez eux avec l'enfant dont c'était le jour de sortie, histoire de la distraire un peu de ses vilaines idées. En effet, on avait mangé assez gaiement, même elle leur chantait un morceau de musique au dessert ; puis on se séparait vers dix heures, et ils s'apprêtaient à se mettre au lit délicieusement, quand tout à coup on frappe aux volets et la voix du petit Joseph appelle effarée :

« Venez vite, maman veut s'empoisonner... » Hettéma se précipite, arrive à

temps pour lui arracher le flacon de laudanum. Il avait fallu se battre, la prendre à bras le corps, la maintenir et se défendre contre les coups de tête, les coups de peigne dont elle lui abîmait la figure. Dans la lutte, la fiole se brisait, le laudanum répandu partout, et il n'en avait pas été autre chose que des vêtements tachés et empestés de poison. « Mais vous comprenez bien que des scènes pareilles, tout ce drame de faits divers, pour des gens tranquilles... Aussi c'est fini, j'ai donné congé, le mois prochain je déménage... » Il remit sa pipe dans l'étui, et avec un adieu bien paisible disparut sous les arcades basses d'une petite cour, laissant Gaussin tout bouleversé de ce qu'il venait d'entendre.

Il se représentait la scène dans cette chambre qui avait été leur chambre, l'effroi du petit appelant au secours, la lutte brutale avec le gros homme, et il croyait sentir le goût opiacé, l'amertume somnolente du laudanum répandu. L'épouvante lui en resta tout le jour, aggravée de l'isolement où elle allait se trouver. Les Hettéma partis, qui lui retiendrait la main à la nouvelle tentative?

Une lettre vint le rassurer un peu. Fanny le remerciait de n'être pas si dur qu'il voulait le paraître, puisqu'il prenait encore quelque intérêt à la pauvre abandonnée : « On t'a dit, n'est-ce pas?... J'ai voulu mourir... c'était de me sentir si seule !... J'ai essayé, je n'ai pas pu, on m'a arrêtée, ma main tremblait peut-être... la peur de souffrir, de devenir laide... Oh ! cette petite Doré, comment a-t-elle eu le courage?... Après la première honte de m'être manquée, ça été une joie de penser que je pourrais t'écrire, t'aimer de loin, te voir encore ; car je ne perds pas l'espoir que tu viendras une fois, comme on vient chez une amie malheureuse, dans une maison en deuil, par pitié, seulement par pitié. »

Dès lors il arriva de Chaville tous les deux ou trois jours une capricieuse correspondance, longue, courte, un journal de douleur qu'il n'eut pas la force de renvoyer et qui agrandit dans ce cœur tendre la place à vif d'une pitié sans amour, non plus pour la maîtresse, mais pour l'être humain souffrant à cause de lui.

Un jour c'était le départ de ses voisins, ces témoins de son bonheur passé qui lui emportaient tant de souvenirs. A présent elle n'avait plus pour les lui rappeler que les meubles, les murs de leur petite maison, et la femme de service, pauvre bête sauvage, aussi peu intéressée aux choses que le loriot, tout frileux de l'hiver, tristement ébouriffé dans un coin de sa cage.

Un autre jour, un pâle rayon égayant la vitre, elle se réveillait toute joyeuse dans cette persuasion : Il viendra aujourd'hui !... Pourquoi?... rien, une idée... Tout de suite elle se mettait à faire la maison belle, et la femme coquette avec sa robe des dimanches et la coiffure qu'il aimait; puis jusqu'au soir, jusqu'à la dernière goutte de lumière, elle comptait les trains à la fenêtre de la salle, l'écoutait venir par le Pavé des Gardes... Fallait-il être folle !

Quelquefois rien qu'une ligne : « Il pleut, il fait noir... je suis seule et je te pleure... » Ou bien elle se contentait de mettre sous enveloppe une pauvre fleur toute trempée et raide de frimas, la dernière de leur petit jardin. Mieux que toutes les plaintes, cette fleur ramassée sous la neige disait l'hiver, la solitude, l'abandon; il voyait les plates-bandes, une jupe de femme mouillée jusqu'à l'ourlet, allant et revenant dans une solitaire promenade.

Cette pitié qui lui angoissait le cœur le faisait vivre encore avec Fanny, malgré la rupture. Il y songeait, se la figurait à toute heure; mais par une singulière défaillance de sa mémoire, quoiqu'il n'y eût guère plus de cinq ou six semaines depuis leur séparation, et que les moindres détails de leur intérieur lui fussent encore présents, la cage de La Balue en face d'un coucou en bois gagné à une fête de campagne, jusqu'aux branches du noisetier qui battaient au moindre vent la vitre de leur cabinet de toilette, la femme elle-même ne lui apparaissait plus distinctement. Il la voyait dans un reculement de brume avec un seul détail de sa figure, accentué et pénible, la bouche déformée, le sourire troué par cette dent qui manquait.

Ainsi vieillie, qu'allait-elle devenir, la pauvre créature contre qui il avait dormi si longtemps? L'argent fini qu'il lui avait laissé, où irait-elle, jusque vers quel bas-fond? Et tout à coup se dressait, dans son souvenir, la triste raccrocheuse rencontrée le soir dans une taverne anglaise, mourant de soif devant sa tranche de saumon fumé. Elle deviendrait cela, celle dont il avait longtemps accepté les soins, la tendresse passionnée et fidèle. Et cette idée le déses-

pérait... Cependant, que faire? Parce qu'il avait eu le malheur de rencontrer cette femme, de vivre quelque temps avec elle, était-il condamné à la garder toujours, à lui sacrifier son bonheur? Pourquoi lui et pas les autres? Au nom de quelle justice?

Tout en s'interdisant de la revoir, il lui écrivait; et ses lettres à dessein positives et sèches laissaient deviner son émotion sous des conseils de sagesse et d'apaisement. Il l'engageait à retirer Joseph de pension, à le reprendre pour s'occuper, se distraire; mais Fanny refusait. A quoi bon mettre cet enfant en présence de sa douleur, de son découragement? C'était bien assez du dimanche où le petit rôdait de chaise en chaise, errait de la salle au jardin, devinant qu'un grand malheur avait attristé la maison, et n'osant plus demander des nouvelles de « papa Jean » depuis qu'on lui avait dit avec des sanglots qu'il était parti, qu'il ne reviendrait plus :

« Tous mes papas s'en vont, alors ! »

Et ce mot du petit abandonné, tombant d'une lettre navrante, restait lourd sur le cœur de Gaussin. Bientôt, cette pensée de la savoir à Chaville devint une oppression telle, qu'il lui conseilla de rentrer dans Paris, de voir du monde. Avec sa triste expérience des hommes et des ruptures, Fanny ne vit dans cette offre qu'un affreux égoïsme, l'envie de se débarrasser d'elle à jamais, par un de ces brusques béguins dont elle était familière; et elle s'en expliqua avec sincérité :

« Tu sais ce que je t'ai dit autrefois... Je resterai ta femme malgré tout, ta femme aimante et fidèle. Notre petite maison m'enveloppe de toi, et je ne voudrais la quitter pour rien au monde... Que ferais-je à Paris? J'ai le dégoût de mon passé qui t'éloigne; et puis, songe à quoi tu nous exposes... Tu te crois donc bien fort? Viens, alors, méchant... une fois, rien qu'une... »

Il n'y alla pas; mais, un dimanche, l'après-midi, seul et travaillant, il entendit frapper deux petits coups à sa porte. Il tressaillit, reconnut sa façon vive de s'annoncer comme autrefois. Craignant de trouver en bas quelque consigne, elle était montée d'une haleine, sans rien demander. Il s'approcha, les pas enfoncés dans le tapis, entendant son souffle par la feuillure :

« Jean, es-tu là?... »

Oh ! cette voix humble et brisée... En-

core une fois, pas bien fort : « Jean !... »
puis une plainte soupirée, le froissement
d'une lettre, et la caresse et l'adieu d'un
baiser jeté.

L'escalier descendu marche à marche,
lentement, comme si elle attendait un rappel. Jean, seulement alors, ramassa la
lettre et l'ouvrit. On avait enterré le matin
la petite Hochecorne à l'hospice des Enfants malades. Elle était venue avec le père
et quelques personnes de Chaville, et
n'avait pu se défendre de monter pour le
voir ou laisser ces lignes écrites d'avance.
« ... Quand je te le disais !... si j'habitais
Paris, on ne verrait que moi dans ton escalier... Adieu, m'ami, je rentre chez nous... »

Et en lisant, les yeux brouillés de larmes,
il se rappelait la même scène rue de l'Arcade, la douleur de l'amant congédié, la
lettre glissée sous la porte, et le rire sans
cœur de Fanny. Elle l'aimait donc plus
qu'il n'aimait Irène ! Ou bien est-ce que
l'homme, plus mêlé que la femme au com-
bat des affaires et de la vie, n'a pas comme
elle l'exclusivisme de l'amour, l'oubli et
l'indifférence de tout ce qui n'est pas sa
passion, absorbante et unique ?

Cette torture, ce mal de pitié dont il
souffrait, ne s'apaisait qu'auprès d'Irène.
Ici seulement l'angoisse se desserrait, fon-
dait sous le doux rayon bleu de ses regards.
il ne lui restait plus qu'une grande lassitude, une tentation de mettre la tête sur
son épaule et de rester là, sans parler, sans
bouger, à l'abri.

« Qu'avez-vous ? » lui disait-elle... « Est-
ce que vous n'êtes pas heureux ? »

Si, bien heureux. Mais pourquoi son bonheur était-il fait de tant de tristesses et de
larmes ? Et par moments il aurait voulu
tout lui dire, comme à une amie intelligente et bonne; sans songer, pauvre fou,
au trouble que de pareilles confidences
agitent dans les âmes toutes neuves, aux
inguérissables blessures qu'elles peuvent
faire à la confiance d'une affection. Ah !
s'il avait pu l'emporter, fuir avec elle ! il
sentait que ce serait la fin des tourments;
mais le vieux Bouchereau ne voulait pas
faire grâce d'une heure sur le temps fixé :
« Je suis vieux, je suis malade... Je ne ver-
rai plus mon enfant, ne me privez pas de
ces derniers jours... »

Sous son air dur, c'était le meilleur des
hommes que ce grand homme. Condamné
sans rémission par la maladie de cœur dont

il suivait et constatait lui-même les pro-
grès, il en parlait avec un sang-froid admirable, continuait ses cours en suffoquant,
auscultait des malades moins atteints que
lui. Une seule faiblesse dans ce vaste esprit,
et marquant bien l'origine paysanne du
Tourangeau : son respect pour les titres, la
noblesse. Et le souvenir des petites tou-
relles de Castelet, le vieux nom d'Armandy

n'avaient pas été étrangers à sa facilité
d'agréer Jean comme mari de sa nièce.

Le mariage se ferait à la gentilhommière, ce qui éviterait de déplacer la
pauvre maman qui envoyait tous les huit
jours à sa future fille une bonne lettre bien
tendre, dictée à Divonne ou à l'une des
petites de Béthanie. Et c'était une joie
douce pour lui de parler avec Irène de ses
gens, de retrouver Castelet place Vendôme,
toutes ses affections serrées autour de sa
chère fiancée.

Seulement il s'effrayait de se sentir si
vieux, si las en face d'elle, de la voir

prendre un plaisir d'enfant à des choses qui ne l'amusaient plus, à des joies de la vie commune, déjà escomptées par lui. Ainsi la liste à dresser de tout ce qu'il leur faudrait emporter au Consulat, meubles, étoffes à choisir, liste au milieu de laquelle il s'arrêtait un soir, la plume hésitante, épouvanté du retour qu'il faisait vers son installation de la rue d'Amsterdam, et du recommencement inévitable de tant de jolis bonheurs usés, finis par ces cinq ans auprès d'une femme, dans un travestissement de mariage et de ménage.

XIV

« Oui, mon cher, mort cette nuit dans les bras de Rosa... Je viens de le porter chez l'empailleur. »

De Potter, le musicien, que Jean rencontrait sortant d'un magasin de la rue du Bac, s'accrochait à lui avec un besoin d'effusion qui n'allait guère à ses traits impassibles et durs d'homme d'affaires, et lui racontait le martyre du pauvre Bichito tué par l'hiver parisien, ratatiné de froid malgré les tampons d'ouate, la mèche d'esprit-de-vin allumée depuis deux mois sous sa petite niche, comme on fait aux enfants venus avant terme. Rien n'avait pu l'empêcher de grelotter, et la nuit d'avant, pendant qu'ils étaient tous autour de lui, un dernier frisson le secouant de la tête à la queue, il était mort en bon chrétien, grâce aux flots d'eau bénite que sur sa peau grenue, où la vie s'évanouissait en moires changeantes, en mouvements de prisme, maman Pilar répandait en disant, les yeux au ciel : *Dios loui pardonne!*

« J'en ris, mais j'ai le cœur gros tout de même; surtout quand je pense au chagrin de ma pauvre Rosa que j'ai laissée en larmes... Heureusement Fanny était près d'elle...

— Fanny?...

— Oui, voilà des temps que nous ne l'avions vue... Elle est arrivée ce matin juste au milieu du drame, et cette bonne fille est restée consoler son amie. » Il ajouta, sans s'apercevoir de l'impression causée par ses paroles : « C'est donc fini? Vous n'êtes plus ensemble?... Vous rappelez-vous notre conversation au lac d'Enghien? Au moins, vous profitez des leçons qu'on vous donne... » Et il perçait une pointe d'envie dans son approbation.

Gaussin, le front plissé, éprouvait un véritable malaise à songer que Fanny était retournée chez Rosario; mais il s'en voulait de cette faiblesse, n'ayant plus, après tout, ni droit, ni responsabilité sur cette existence.

Devant une maison de la rue de Beaune, une très ancienne rue du Paris aristocratique d'autrefois où ils venaient de s'engager, de Potter s'arrêta. C'est là qu'il demeurait ou qu'il était censé demeurer pour les convenances, pour le monde, car réellement son temps se passait avenue de Villiers ou à Enghien, et il ne faisait que des apparitions au domicile conjugal, pour empêcher que sa femme et son enfant n'eussent l'air trop abandonnés.

Jean suivait sa route, esquissant déjà un adieu, mais l'autre lui retint la main dans ses longues mains dures de briseur de clavier et, sans le moindre embarras, comme un homme que son vice ne gêne plus :

« Rendez-moi donc un service... montez avec moi. Je devais dîner chez ma femme aujourd'hui, mais je ne peux vraiment pas laisser ma pauvre Rosa toute seule à son désespoir... Vous servirez de prétexte à ma sortie et m'éviterez une explication ennuyeuse. »

Le cabinet du musicien, dans un superbe et froid appartement bourgeois du second étage, sentait l'abandon de la pièce où l'on ne travaille pas. Tout y était trop net, sans rien du désordre, de l'active petite fièvre qui gagne les objets et les meubles. Pas un livre, pas un feuillet sur la table qu'encombrait majestueusement un énorme encrier de bronze à sec et reluisant comme dans une devanture; ni la moindre partition au vieux piano à forme d'épinette dont s'étaient inspirées les premières œuvres. Et un buste en marbre blanc, le buste d'une jeune femme aux traits délicats, à l'expression de douceur, tout pâle dans le jour qui tombait, faisait plus froide encore la cheminée sans feu et drapée, semblait regarder tristement les murs chargés de couronnes dorées, enrubannées, de médailles, de cadres commémoratifs, toute une défroque glorieuse et vaniteuse généreusement laissée à la femme en compensation, et qu'elle entretenait comme les ornements de tombe de son bonheur.

A peine étaient-ils entrés, la porte du cabinet se rouvrit, et Mme de Potter parut :

« C'est toi, Gustave? »

Elle le croyait seul, s'arrêta devant la figure inconnue, avec une visible inquiétude. Elégante et jolie, d'une recherche de mise intelligente, elle paraissait plus affinée que son buste, la douce physionomie changée en une résolution courageuse et nerveuse. Dans le monde, les avis se partageaient sur ce caractère de femme. Les uns la blâmaient de supporter le dédain affiché du mari, ce ménage en ville, connu, installé; d'autres admiraient au contraire sa résignation silencieuse. Et l'opinion générale la tenait pour une tranquille personne aimant son repos par-dessus tout, trouvant des compensations suffisantes à son veuvage dans les caresses d'un bel enfant et la joie de porter le nom d'un grand homme.

Mais pendant que le musicien présentait son compagnon et débitait n'importe quel mensonge pour se débarrasser du dîner de famille, au tressaillement de ce jeune visage féminin, à la fixité de ce regard qui ne voyait plus, n'écoutait plus, comme absorbé de souffrance, Jean pouvait se rendre compte que sous ces dehors mondains une grande douleur s'enterrait vivante. Elle parut accepter cette histoire qu'elle ne croyait pas, se contenta de dire doucement :

« Raymond va pleurer, je lui avais promis que nous dînerions près de son lit.

— Comment est-il? » demanda de Potter, distrait, impatient.

« Mieux, mais il tousse toujours... Tu ne viens pas le voir? »

Il bredouilla quelques mots dans sa moustache, en feignant de chercher autour de la pièce : « Pas maintenant... très pressé... rendez-vous au club pour six heures... » Ce qu'il voulait éviter, c'était d'être seul avec elle.

« Adieu, alors » fit la jeune femme subitement apaisée, les traits en place, refermée comme une eau pure que vient de troubler une pierre jusqu'au fond. Elle salua, disparut.

« Filons !... »

Et de Potter délivré entraîna Gaussin qui regardait descendre devant lui, raide et correct dans son long pardessus serré de coupe anglaise, ce sinistre passionné, tellement ému quand il portait à empailler le caméléon de sa maîtresse, et s'en allant sans embrasser son enfant malade.

« Tout ça, mon cher, » fit le musicien comme en réponse à la pensée de son ami, « c'est la faute de ceux qui m'ont marié. Un vrai service qu'ils m'ont rendu là et à cette pauvre femme !... Quelle folie de vouloir faire de moi un mari et un père !... J'étais l'amant de Rosa, je le suis resté, je le resterai jusqu'à ce que l'un de nous crève... Un vice qui vous a pris au bon moment, qui vous tient bien, est-ce qu'on s'en dégage jamais?... Et vous-même, êtes-vous sûr que si Fanny avait voulu?... » Il héla un fiacre vide qui passait, et en montant :

« A propos de Fanny, vous savez la nouvelle?... Flamant est gracié, sorti de Mazas... C'est la pétition de Déchelette... Pauvre Déchelette! il aura fait du bien même après sa mort. »

Immobile, avec une envie folle de courir, de rattraper ces roues qui cahotaient à fond de train dans la rue sombre où le gaz s'allumait, Gaussin s'étonnait de se sentir si ému. « Flamant gracié... sorti de Mazas... » il redisait ces mots tout bas, y voyant la raison du silence de Fanny depuis quelques jours, de ses lamentations brusquement interrompues, tombées sous les caresses d'un consolateur; car la première pensée du misérable enfin libre avait dû être pour elle.

Il se rappelait la correspondance amoureuse datée de la prison, l'obstination de sa maîtresse à défendre celui-là seul, quand elle faisait si bon marché des autres; et au lieu de se féliciter d'une aventure qui logiquement le déchargeait de toute inquiétude, de tout remords, une angoisse indéfinissable le tint éveillé et fiévreux une partie de la nuit. Pourquoi? Il ne l'aimait plus; seulement il songeait à ses lettres restées aux mains de cette femme, qu'elle lirait peut-être à l'autre, et dont — qui sait? — sous une influence mauvaise, elle pourrait se servir un jour pour troubler son repos, son bonheur.

Vraie ou fausse, ou cachant sans qu'il s'en doutât un souci d'autre genre, cette préoccupation de ses lettres le décida à une démarche imprudente, la visite à Chaville qu'il avait toujours obstinément refusée. Mais à qui confier une mission aussi intime et délicate?... Un matin de février, il prit le train de dix heures, très calme d'esprit et de cœur, avec la seule crainte de trouver la maison fermée, la femme disparue déjà à la suite de son bandit.

Dès la courbe de la voie, les persiennes ouvertes, les rideaux aux fenêtres du pavillon le rassurèrent; et se souvenant de son émotion, lorsqu'il voyait fuir derrière lui la petite lumière mouchetant l'ombre, il se raillait lui-même et la fragilité de ses impressions. Ce n'était plus le même homme qui passait là, et certainement il ne trouverait plus la même femme. Il n'y avait pourtant que deux mois depuis. Les bois que longeait le train n'avaient pas pris de nouvelles feuilles, gardaient les mêmes lèpres de rouille que le jour de la rupture, et de sa clameur aux échos.

Il descendit seul à la station, par ce brouillard pénétrant et froid, prit le petit chemin de campagne tout glissant de neige durcie, la voûte du chemin de fer, ne rencontra personne avant le Pavé des Gardes, au tournant duquel apparurent un homme et un enfant suivis d'un employé de la gare poussant sa brouette chargée de malles.

L'enfant, tout emmitouflé d'un cache-nez, la casquette jusqu'aux oreilles, retint un cri en passant près de lui. « Mais c'est Joseph... » se dit-il un peu étonné et triste de cette ingratitude du petit; et s'étant retourné, il rencontra le regard de l'homme qui accompagnait l'enfant par la main. Cette figure intelligente et fine, pâlie par la claustration, ces vêtements de confection achetés de la veille, cette barbe blonde à fleur de menton, qui n'avait pas eu le temps de repousser depuis Mazas... Flamant, parbleu ! Et Joseph était son fils...

Ce fut une révélation dans un éclair. Il revit, comprit tout, depuis la lettre du coffret où le beau graveur confiait à sa maîtresse un enfant qu'il avait en province, jusqu'à l'arrivée mystérieuse du petit, et la mine gênée d'Hettéma pour parler de cette adoption, et les regards de Fanny à Olympe; car ils s'étaient tous entendus pour lui faire nourrir le fils du faussaire. Oh ! le joli niais, et comme ils avaient dû rire !... Un dégoût lui vint de tout ce passé de honte, une envie de fuir bien loin; mais des choses le troublaient qu'il aurait voulu savoir. L'homme et l'enfant partis, pourquoi pas elle? Et puis ses lettres, il lui fallait ses lettres, ne rien laisser de lui dans ce coin de souillure et de malheur.

« Madame?... Voilà monsieur !...

— Qui monsieur?... » demanda naïvement une voix du fond de la chambre.

« Moi... »

On entendit un cri, un bond précipité, puis : « Attends, je me lève... je viens... »

Encore au lit à midi passé ! Jean se doutait bien pourquoi, il connaissait les causes de ces lendemains brisés, harassés; et pendant qu'il l'attendait dans la salle aux moindres objets familiers, le sifflet du train montant, le « mè » grelottant d'une chèvre dans un jardinet voisin, les couverts épars sur la table le reportaient aux matins d'autrefois, le petit déjeuner en hâte avant le départ.

Fanny entra avec un élan vers lui, puis s'arrêtant devant sa froideur, ils restèrent une seconde étonnés, hésitants, comme lorsqu'on se retrouve après ces intimités brisées, de chaque côté d'un pont rompu, d'une distance de rive à rive, et entre soi l'espace immense des flots roulants et engloutissants.

« Bonjour... » dit-elle tout bas, sans bouger.

Elle le trouvait changé, pâli. Lui s'étonnait de la revoir si jeune, un peu grossie seulement, moins grande qu'il ne se la figurait, mais baignée de ce rayonnement spécial, cet éclat du teint et des yeux, cette douceur de pelouse fraîche que lui laissaient les nuits de grandes caresses. Elle était donc restée dans le bois, au fond du ravin encombré de feuilles mortes, celle dont le souvenir le rongeait de pitié.

« On se lève tard à la campagne... » fit-il d'un accent ironique.

Elle s'excusait, prétextait une migraine, et, comme lui, employait des formes impersonnelles, ne sachant dire ni toi ni vous; puis à l'interrogation muette qui lui montrait le repas desservi : « C'est l'enfant... il a déjeuné là ce matin avant de s'en aller...

— S'en aller?... Où donc? »

Il affectait une suprême indifférence du bout des lèvres, mais l'éclair de ses yeux le trahissait. Et Fanny :

« Le père a reparu... il est venu le reprendre...

— En sortant de Mazas, n'est-ce pas? »

Elle tressaillit, mais n'essaya pas de mentir.

« Eh bien, oui... J'avais promis, je l'ai fait... Que de fois l'envie me tenait de te le dire, mais je n'osais pas, j'avais peur que tu le renvoies, le pauvre petit... » Et elle ajouta timidement : « Tu étais si jaloux... »

Il eut un beau rire de dédain. Jaloux, lui, de ce forçat... allons donc !... Et sentant monter sa colère, il coupa court, dit vivement ce qui l'amenait. Ses lettres !... Pourquoi ne les avait-elle pas données à Césaire, cela leur eût évité une entrevue pénible pour tous deux.

« C'est vrai, » dit-elle, toujours très douce, « mais je vais te les rendre, elles sont là... »

Il la suivit dans la chambre, aperçut le lit défait, recouvert en hâte sur les deux oreillers, respira cette odeur de cigarettes brûlées, mêlée à des parfums de toilette de femme, qu'il reconnaissait comme le petit coffret nacré posé sur la table. Et la même pensée leur venant à tous deux : « Il n'y en a pas lourd, » dit-elle en ouvrant la boîte... « nous ne risquerions pas de mettre le feu... »

Il se taisait, troublé, la bouche sèche, hésitant à se rapprocher de ce lit saccagé devant lequel elle feuilletait les lettres une dernière fois, la tête penchée, la nuque solide et blanche sous la torsade relevée de ses cheveux, et dans le flottant vêtement de laine, la taille épaissie et molle, à l'abandon...

« Voilà !... Elles y sont toutes. »

Le paquet pris, mis brusquement dans sa poche, car ses préoccupations avaient changé, Jean demanda :

« Alors il emmène son enfant?... Où vont-ils?...

— Au Morvan, dans son pays, pour se cacher, faire sa gravure qu'il enverra à Paris sous un faux nom.

— Et toi?... Est-ce que tu comptes rester ici?... »

Elle détourna les yeux pour lui échapper, balbutiant que ce serait bien triste. Aussi elle pensait... elle partirait peut-être bientôt... un petit voyage.

« Dans le Morvan, sans doute?... En famille !... » Et lâchant sa fureur jalouse : « Dis donc tout de suite que tu rejoindras ton voleur, que vous allez vous mettre en ménage... Il y a assez longtemps que tu en as envie... Allons. Retourne à la bauge... Fille et faussaire ça va ensemble, j'étais bien bon de vouloir tirer de cette boue. »

Elle gardait son mutisme immobile, un éclair de triomphe filtrant entre ses cils baissés. Et plus il la cinglait d'une ironie

féroce, outrageante, plus elle semblait fière, et s'accentuait le frisson au coin de sa bouche. Maintenant il parlait de son bonheur à lui, l'amour honnête et jeune, le seul amour. Oh ! le doux oreiller pour dormir qu'un cœur d'honnête femme... Puis, brusquement, la voix baissée, comme s'il avait honte :

« Je viens de le rencontrer, ton Flamant, il a passé la nuit ici?

— Oui, il était tard, il neigeait... On lui a fait un lit sur le divan.

— Tu mens, il a couché là... il n'y a qu'à voir le lit, qu'à te regarder.

— Et après? » Elle approchait son visage du sien, ses grands yeux gris éclairés de flammes libertines... « Est-ce que je savais que tu viendrais?... Et toi perdu, qu'est-ce que ça pouvait me faire, tout le reste? J'étais triste, seule, dégoûtée...

— Et puis le bouquet du bagne !... Depuis le temps que tu vivais avec un honnête homme... ça t'a semblé bon, hein?...

Avez-vous dû vous en fourrer de ces caresses... Ah ! saleté !... tiens... »

Elle vit venir le coup sans l'éviter, le reçut en pleine figure, puis avec un grondement sourd de douleur, de joie, de victoire, elle sauta sur lui, l'empoigna à pleins bras : « M'ami, m'ami... tu m'aimes encore... » et ils roulèrent ensemble sur le lit.

Le passage à grand fracas d'un express le réveilla en sursaut vers le soir ; et les yeux ouverts, il resta quelques instants sans se reconnaître, tout seul au fond de ce grand lit où ses membres rompus comme par une marche excessive semblaient posés les uns à côté des autres, sans attaches ni ressorts. L'après-midi, il était tombé beaucoup de neige. Dans un silence de désert, on l'entendait fondre, ruisseler contre les murs, le long des vitres, s'égoutter dans les combles du toit, et, par moments, sur le feu de coke de la cheminée qu'elle éclaboussait.

Où était-il ? Que faisait-il là ? Peu à peu, dans la réverbération du petit jardin, la chambre lui apparaissait toute blanche, éclairée d'en bas, le grand portrait de

Fanny dressé en face de lui, et le souvenir lui revenait de sa chute, sans le moindre étonnement. Dès en entrant, devant ce lit il s'était senti repris, perdu ; ces draps l'attiraient comme un gouffre, et il se disait : « Si j'y tombe, ce sera sans rémission et pour toujours. » C'était fait ; et sous le triste dégoût de sa lâcheté, il y avait comme un soulagement à l'idée qu'il ne sortirait plus de cette fange, le pitoyable bien-être du blessé qui, perdant son sang, traînant sa plaie, s'est étendu sur un tas de fumier pour y mourir, et las de souffrir, de lutter, toutes les veines ouvertes, s'enfonce délicieusement dans la tiédeur molle et fétide.

Ce qui lui restait à faire maintenant était horrible, mais très simple. Retourner à Irène après cette trahison, risquer un ménage à la de Potter ?... Si bas qu'il fût tombé, il n'en était pas encore là... Il fallait écrire à Bouchereau, au grand physiologiste qui le premier a étudié et décrit les maladies de la volonté, lui en soumettre un cas terrible, l'histoire de sa vie depuis la première rencontre avec cette femme quand elle lui avait posé sa main sur le bras, jusqu'au jour où, se croyant sauvé, en plein bonheur, en pleine ivresse, elle le ressaisissait par la magie du passé, cet horrible passé où l'amour tenait si peu de place, seulement la lâche habitude et le vice entré dans les os...

La porte s'ouvrit. Fanny marchait tout doucement dans la chambre pour ne pas le réveiller. Entre ses paupières closes, il la regardait, alerte et forte, rajeunie, chauffant au foyer ses pieds trempés de la neige du jardin, et de temps en temps tournée vers lui avec le petit sourire qu'elle avait le matin, dans la dispute. Elle vint prendre le paquet de maryland à sa place habituelle, roula une cigarette et s'en allait, mais il la retint.

« Tu ne dors donc pas ?

— Non... assieds-toi là... et causons. »

Elle resta au bord du lit, un peu surprise de cette gravité.

« Fanny... Nous allons partir. »

Elle crut d'abord qu'il plaisantait pour l'éprouver. Mais les détails très précis qu'il donnait la détrompèrent vite. Il y avait un poste vacant, celui d'Arica ; il le demanderait. C'était l'affaire d'une quinzaine de jours, le temps de préparer les malles...

« Et ton mariage?

— Plus un mot là-dessus... Ce que j'ai fait est irréparable... Je vois bien que c'est fini, je ne pourrai plus me séparer de toi.

— Pauvre bébé ! » fit-elle avec une douceur triste, un peu méprisante. Puis, après avoir tiré deux ou trois bouffées :

« C'est loin ce pays que tu dis?.

— Arica?... très loin, au Pérou... » Et tout bas : « Flamant ne pourra pas te rejoindre... »

Elle resta songeuse et mystérieuse dans son nuage de tabac. Lui tenait toujours sa main, frôlait son bras nu, et bercé par le dégoulinement de l'eau tout autour de la petite maison, il fermait les yeux, s'enfonçait dans la vase doucement.

XV

Nerveux, trépidant, sous vapeur, déjà parti comme tous ceux qui s'apprêtent au départ, Gaussin est depuis deux jours à Marseille où Fanny doit venir le rejoindre et s'embarquer avec lui. Tout est prêt, les places retenues, deux cabines de première pour le vice-consul d'Arica voyageant avec sa belle-sœur; et le voilà qui arpente le carreau dérougi de la chambre d'hôtel, dans la double attente fiévreuse de sa maîtresse et de l'appareillage.

Il faut qu'il marche et s'agite sur place, puisqu'il n'ose sortir. La rue le gêne comme un criminel, comme un déserteur, la rue marseillaise mêlée et grouillante où il lui semble qu'à chaque tournant son père, le vieux Bouchereau vont se montrer, lui mettre la main sur l'épaule pour le reprendre et le ramener.

Il s'enferme, mange là sans même descendre à la table d'hôte, lit sans fixer ses yeux, se jette sur son lit, distrayant ses vagues siestes avec le *Naufrage de la Pérouse*, la *Mort du capitaine Cook* pendus aux murs, piquetés de mouches, et des heures entières s'accoude au balcon en bois vermoulu, abrité d'un store jaune aussi rapiécé que la voile d'un bateau de pêche.

Son hôtel, « l'Hôtel du Jeune Anacharsis », dont le nom pris au hasard sur le Bottin l'a tenté quand il convenait du rendez-vous avec Fanny, est une vieille auberge point luxueuse ni même très propre, mais qui donne sur le port, en pleine marine, en plein voyage. Sous ses fenêtres, des perruches, des cacatoès, des oiseaux des îles au doux ramage interminable, tout l'étalage en plein air d'un oiselier dont les cages empilées saluent le jour levant d'une rumeur de forêt vierge, couverte et dominée, à mesure que la journée s'avance, par les bruyants travaux du port, réglés au bourdon de Notre-Dame de la Garde.

C'est une confusion de jurons dans toutes les langues, de cris de bateliers, de portefaix, de marchands de coquillages, entre les coups de marteau du bassin de radoub, le grincement des grues, le heurt sonore des « romaines » rebondissant sur le pavé, cloches de bord, sifflets de machines, bruits rythmés de pompes, de cabestans, eaux de cale qu'on dégorge, vapeur qui s'échappe, tout ce fracas doublé et répercuté par le tremplin de la mer voisine, d'où monte de loin en loin le mugissement rauque, l'haleine de monstre marin d'un grand transatlantique qui prend le large.

Et les odeurs aussi évoquent des pays lointains, des quais plus ensoleillés et chauds encore que celui-ci; les bois de santal, de campêche qu'on décharge, les limons, les oranges, pistaches, fèves, arachides, dont l'âcre senteur se dégage, monte avec des tourbillons de poussières exotiques dans une atmosphère saturée d'eau saumâtre, d'herbes brûlées, des graisses fumeuses des *Cook-house*.

Le soir venu, ces rumeurs s'apaisent, ces épaisseurs de l'air retombent et s'évaporent; et tandis que Jean, rassuré par l'ombre, le store relevé, regarde le port endormi et noir sous l'entre-croisement en hachures des mâts, des vergues, des beauprés, quand le silence n'est traversé que du clapotis d'une rame, de l'aboi lointain d'un chien de bord, au large, tout au large, le phare de Planier projette en tournant une longue flamme rouge ou blanche qui déchire l'ombre, montre en un clignotement d'éclair des silhouettes d'îles, de forts, de roches. Et ce regard lumineux guidant des milliers de vies à l'horizon, c'est encore le voyage, qui l'invite et lui fait signe, l'appelle dans la voix du vent, les houles de la pleine mer et la rauque clameur d'un steamboat qui râle et souffle toujours à quelque point de la rade.

Encore vingt-quatre heures d'attente; Fanny ne doit le rejoindre que dimanche. Ces trois jours trop tôt au rendez-vous, il devait les passer près des siens, les donner aux bien-aimés qu'il ne reverra de plusieurs années, qu'il ne retrouvera plus peut-être; mais dès le soir de son arrivée à Castelet, quand son père a su que le mariage était rompu et qu'il en a deviné les causes, une explication a eu lieu, violente, terrible.

Que sommes-nous donc, que sont nos affections les plus tendres, les plus près de notre cœur, pour qu'une colère qui passe entre deux êtres de même chair, de même sang, arrache, torde, emporte leur tendresse, les sentiments de nature aux racines si profondes et si fines, avec la violence aveugle, irrésistible, d'un de ces typhons des mers de Chine dont les plus durs marins n'osent se souvenir et disent en pâlissant : « Ne parlons pas de ça... »

Il n'en parlera jamais, mais il s'en souviendra toute sa vie de cette horrible scène sur la terrasse de Castelet où s'est passée son enfance heureuse, devant cet horizon splendide et calme, ces pins, ces myrtes, ces cyprès qui se serraient immobiles et frissonnants autour de la malédiction paternelle. Toujours il reverra ce grand vieillard, aux joues convulsées et remuantes, marchant sur lui avec cette bouche de haine, ce regard de haine, proférant les paroles qu'on ne pardonne pas, le chassant de la maison et de l'honneur : « Va-t'en, pars avec ta gueuse, tu es mort pour nous !... » Et les petites bessonnes criant, se traînant à genoux sur le perron, demandant grâce pour le grand frère, et la pâleur de Divonne, sans un regard, sans un adieu, pendant que là-haut, derrière la vitre, le doux et anxieux visage de la malade demandait pourquoi tout ce bruit et son Jean s'en allant si vite et sans l'embrasser.

Cette idée qu'il n'avait pas embrassé sa mère l'a fait revenir à mi-route d'Avignon; il a laissé Césaire avec la voiture au bas du pays, pris la traverse et pénétré dans Castelet par le clos, comme un voleur. La nuit était sombre; ses pas s'empêtraient dans la vigne morte, et même il finissait par ne plus pouvoir s'orienter, cherchant sa maison dans les ténèbres, déjà étranger chez lui. La blancheur des murs crépis le guidait enfin d'un reflet vague; mais la porte du perron était fermée, les fenêtres partout éteintes. Sonner, appeler? Il n'osait, par crainte de son père. Deux ou trois fois il a fait le tour du logis, espérant trouver l'issue d'un volet mal clos. Partout la lanterne de Divonne avait passé comme chaque soir; et après un long retard à la chambre de sa mère, l'adieu de tout son cœur à sa maison d'enfance qui le repousse elle aussi, il s'est enfui désespéré avec un remords qui ne le quitte plus.

D'ordinaire, pour ces absences de durée, ces traversées aux dangereux hasards de la mer et du vent, les parents, les amis prolongent les adieux jusqu'à l'embarquement définitif; on passe la dernière journée ensemble, on visite le bateau, la cabine du partant afin de mieux le suivre dans sa route. Plusieurs fois par jour, Jean voit passer devant l'hôtel de ces affectueuses reconduites, parfois nombreuses et bruyantes; mais il s'émeut surtout d'un groupe familial à l'étage au-dessous du sien. Un vieux, une vieille, des gens de campagne à tournure aisée, en veste de drap et cambrésine jaune, sont venus accompagner leur garçon, l'assistent jusqu'au départ du paquebot; et penchés à leur fenêtre, dans le désœuvrement de l'attente, on les voit tous les trois, se tenant par le bras, le matelot au milieu, bien serrés. Ils ne parlent pas, ils s'étreignent.

Jean songe en les regardant au beau départ qu'il aurait eu... Son père, ses petites sœurs, et, s'appuyant sur lui d'une douce main frémissante, celle dont les beauprés au large entraînaient le vif esprit et l'âme aventureuse... Regrets stériles. Le crime est accompli, son destin sur les rails, il n'a qu'à partir et à oublier.

Qu'elles lui semblèrent lentes et cruelles, les heures de la dernière nuit ! Il se tournait, se retournait dans son lit d'auberge, guettait le jour sur la vitre aux décroissements lents du noir au gris, puis au blanc d'aube que le phare piquait encore d'une étincelle rouge effacée au soleil levant.

Alors seulement il s'endormit, réveillé tout à coup par un éclaboussement de rayons dans sa chambre, les cris confondus des cages de l'oiselier avec les innombrables carillons du dimanche de Marseille, répandus par les quais élargis, toutes machines au repos, des oriflammes flottant aux mâts... Déjà dix heures ! Et l'express de Paris arrive à midi ; vite il s'habille pour aller au-devant de sa maîtresse ; ils déjeuneront en face de la mer, puis on portera les bagages à bord, et, à cinq heures, le signal.

Un jour merveilleux, un ciel profond où les mouettes passent en taches blanches, la mer d'un bleu plus foncé, d'un bleu minéral sur lequel, à l'horizon, des voiles, des fumées, tout est visible, tout miroite et tout danse ; et comme le chant naturel de ces rives de soleil aux transparences d'atmosphère et d'eau, des harpes sonnent, sous les croisées de l'hôtel, un air italien d'une facilité divine, mais dont la note pincée et traînée sur les cordes émeut cruellement les nerfs. C'est plus que de la musique, c'est la traduction ailée de ces allégresses du Midi, ces plénitudes de vie et d'amour gonflées jusqu'aux larmes. Et le souvenir d'Irène passe dans la mélodie, vibrant et pleurant. Comme c'est loin !... Quel beau pays perdu, quel regret pour toujours des choses brisées, irréparables !

Allons !

Sur le seuil, en sortant, Jean rencontre un garçon : « Une lettre pour M. le Consul... Elle est arrivée le matin, mais M. le Consul dormait si profondément ! » Les voyageurs de distinction sont rares à l'hôtel du *Jeune Anacharsis ;* aussi les braves Marseillais font-ils sonner à tout propos le titre de leur pensionnaire... Qui peut lui écrire ? Personne ne connaît son adresse, à moins que Fanny... Et regardant mieux l'enveloppe, il s'épouvante, il a compris.

« Eh bien, non ! je ne pars pas ; c'est une trop grande folie dont je ne me sens pas la force. Pour des coups pareils, mon pauvre ami, il faut la jeunesse que je n'ai plus, ou l'aveuglement d'une passion folle qui nous manque à l'un comme à l'autre : Il y a cinq ans, aux beaux jours, un signe de toi m'aurait fait te suivre de l'autre côté de la terre, car tu ne peux nier que je t'aie aimé passionnément. Je t'ai donné tout ce que j'avais ; et lorsqu'il a fallu m'arracher de toi j'ai souffert, comme jamais pour aucun homme. Mais ça use, vois-tu, un amour pareil... Te sentir si beau, si jeune, toujours trembler, tant de choses à défendre !... Maintenant je n'en peux plus, tu m'as trop fait vivre, trop fait souffrir, je suis à bout.

« Dans ces conditions, la perspective de ce grand voyage, de ce déménagement d'existence, me fait peur. Moi qui aime tant ne pas bouger, et qui ne suis jamais allée plus loin que Saint-Germain, tu penses ! Et puis les femmes vieillissent trop vite au soleil, et tu n'aurais pas encore trente ans que je serais jaunie et fripée comme maman Pilar ; c'est pour le coup que tu m'en voudrais de ton sacrifice et que la pauvre Fanny paierait pour tout le monde. Ecoute, il y a un pays d'Orient, j'ai lu ça dans un de tes *Tour du Monde,* où, quand une femme trompe son mari, on la coud vivante avec un chat, en une peau de bête toute fraîche, puis on lâche le paquet sur la plage hurlant et bondissant en plein soleil. La femme miaule, le chat griffe, tous deux s'entre-dévorent pendant que la peau se racornit, se resserre sur cette horrible bataille de captifs, jusqu'au dernier râle, jusqu'à la dernière palpitation du sac. C'est un peu le supplice qui nous attendait ensemble... »

Il s'arrêta une minute, écrasé, stupide. A perte de vue le bleu de la mer étincelait. *Addio...* chantaient les harpes auxquelles s'était jointe une voix chaude et passionnée comme elles... *Addio...* Et le néant de sa vie détruite, ravagée, toute de débris et de larmes, lui apparut, le champ ras, les moissons faites sans espoir de retour, et pour cette femme qui lui échappait...

« J'aurais dû te dire cela plus tôt, mais je n'osais pas, te voyant si monté, si résolu. Ton exaltation me gagnait ; puis la vanité de la femme, la fierté bien naturelle de t'avoir reconquis après la rupture. Seulement, tout au fond de moi, je sentais que ça n'y était plus, quelque chose de fini, de craqué. Comment veux-tu ? après des secousses pareilles... Et ne te figure pas que ce soit à cause de ce malheureux Flamant. Pour lui comme pour toi et tous les autres, c'est fini, mon cœur est mort ; mais il reste cet enfant dont je ne peux plus me passer et qui me ramène auprès du père, pauvre homme qui s'est perdu par amour et m'est revenu de Mazas aussi fervent et tendre qu'à notre première rencontre. Figure-toi que, lorsque nous nous sommes revus, il a passé toute la nuit à pleurer sur mon épaule; tu vois qu'il n'y avait guère de quoi te monter la tête...

« Je te l'ai dit, mon cher enfant, j'ai trop aimé, je suis rompue. A présent j'ai besoin qu'on m'aime à mon tour, qu'on me choie, et m'admire, et me berce. Celui-là sera à genoux, ne me verra jamais de rides ni de cheveux blancs; et s'il m'épouse, comme il en a l'intention, c'est moi qui lui ferai une grâce. Compare... Surtout pas de folies. Mes précautions sont prises pour que tu ne puisses me retrouver. Du petit café de la gare d'où je t'écris, je vois à travers les arbres la maison où nous avons eu de si bons et de si cruels moments, et l'écriteau qui se balance sur la porte, attendant de nouveaux hôtes... Te voilà libre, tu n'entendras plus jamais parler de moi... Adieu, un baiser, le dernier, dans le cou... m'ami... »

LES MEILLEURS AUTEURS CLASSIQUES

Français et Étrangers.

❖ ❖ ❖

VOLUMES PARUS

ARISTOPHANE, Théâtre, 2 vol.
BEAUMARCHAIS, Théâtre.
BERNARDIN DE SAINT-PIERRE,
Paul et Virginie.
BOCCACE, Le Décaméron, 2 vol.
BOILEAU, Œuvres poétiques et en prose.
BOSSUET, Oraisons Fun-bres,
— Discours sur l'Histoire universelle.
BRANTOME, Dames Galantes.
CAMOENS, Les Lusiades.
CASANOVA (JACQUES), Mémoires,
6 vol.
CÉSAR, Commentaires sur la Guerre des
Gaul-s.
CHATEAUBRIANT, Atala, René ; Le
Dernier Abencérage.
— Génie du Christianisme, 2 vol.
COMTE (AUGUSTE). Philosophie po-
sitive, 4 vol.
CORNEILLE, Théâtre, 2 vol.
DANTE, La Divine Comédie.
DESCARTES, Discours de la Méthode,
Méditations métaphysiques.
DIDEROT, La Religieuse ; Le Neveu de
Rameau.
ESCHYLE, Théâtre.
FÉNELON, Télémaque.
— De l'Education des Filles.
FOË (DANIEL de), Robinson Crusoé.
GŒTHE, Werther ; Faust ; Hermann et
Dorothée.
HOMÈRE, Iliade.
— Odyssée.
KANT (EMMANUEL), Critique de la
raison pure, 2 vol.
KLEIST, KOTZEBUE, LESSING,
Trois comedies.
LA BRUYÈRE, Caractères.
LA FAYETTE, (Mme de), Mémoires,
Princesse de Clèves.
LA FONTAINE, Fables.
— Contes.
LA ROCHEFOUCAULD, Maximes.
LE SAGE (A.-R.), Histoire de Gil Blas de
Santillane. 2 vol.
LESSING, Théâtre.

LE TASSE, Jérusalem délivrée.
MAISTRE (X. DE), Œuvres.
MALEBRANCHE, Recherche de la
Vérité. 2 vol.
MARIVAUX, Théâtre choisi.
MOLIÈRE, Théâtre, 4 vol.
MONTAIGNE, Essais, 4 vol.
MONTESQUIEU, Lettres Persanes
— De l'Esprit des Lois, 2 vol.
MUSSET (A de.), Premières Poésies.
1829-1835.
— Poésies nouvelles, 1836-1852.
— Comédies et Proverbes, 2 vol.
— Confession d'un Enfant du siècle.
— Nouvelles.
— Contes.
— Mélanges de littérature et de critique.
— Œuvres Posthumes.
OVIDE, Les Métamorphoses.
PASCAL, Pensées.
— Les Provinciales.
PERRAULT (CH.) et Mme D'AUL-
NOY, Contes.
RABELAIS, Œuvres, 2 vol
RACINE, Théâtre. 2 vol.
RÉGNIER (MATHURIN), Œuvres
complètes.
ROUSSEAU (J.-J.), Confessions, 2 vol.
— Julie ou la Nouvelle Héloïse, 2 vol.
— Du Contrat social.
— Emile, ou de l'Education. 2 vol.
SCHILLER, Les Brigands; Marie-Stuart
Guillaume-Tell.
SCOTT (WALTER), Ivanhoe. 2 vol.
— La Jolie Fille de Perth, 2 vol.
SÉVIGNÉ (Mme de), Lettres choisies.
SOPHOCLE, Théâtre.
SPINOZA, Ethique.
STAEL (Mme de), De l'Allemagne. 2 vol.
— Corinne. ou l'Italie, 2 vol.
STENDHAL, La Chartreuse de Parme.
SUÉTONE, Les douze Césars.
VILLON (FRANÇOIS), Œuvres.
VIRGILE, L'Enéide.
VOLTAIRE Dictionnaire philosophique.
— Histoire de Charles XII.
— Siècle de Louis XIV, 2 vol.
— Romans, 2 vol.
WISEMAN (CNAL) Fabiola.

Chaque volume, format in-18 jésus.

Prix : broché, 95 cent., relié toile pleine, 1 fr. 75.

Sceaux. — Imp. Charaire.

Gravé et imprimé
par CHARAIRE
== à Sceaux. ==